Helga Schütz

Die Kirschendiebin

atb aufbau taschenbuch

Helga Schütz wurde 1937 in Falkenhain/Schlesien geboren. 1944 Umsiedlung nach Dresden. Erster Beruf: Gärtnerin. Nach dem Studium an der Hochschule für Filmkunst in Potsdam-Babelsberg wurde sie freie Autorin und schrieb Drehbücher und Szenarien zu Spiel- und Dokumentarfilmen, später auch Romane und Erzählungen. Em. Professorin an der Hochschule für Film und Fernsehen. 2018 erhielt sie den Preis der DEFA-Stiftung für ihr künstlerisches Lebenswerk. Sie lebt in Potsdam.

Zuletzt erschienen die Romane »Grenze zum gestrigen Tag«, »Knietief im Paradies« und »Sepia«.

Thomas Falkenhain ist in dem Alter, in dem man aufräumt und sich erinnert, selbst wenn man sich nicht erinnern will. Zum Beispiel an eine heimliche Studentenliebe in den 60ern, die abrupt beendet war, als Mela, seine »Kirschendiebin«, mit Mann und Sohn in den Westen fliehen musste. Erst aus den Stasiakten weiß er, dass sie ihm später Briefe geschrieben hat.

Unerwartet erhält er ein Stipendium für eine römische Künstlervilla. Kaum dort eingetroffen, ertappt er eine Frau im Park, die eine Orange pflückt und isst: Mela. Als wären nicht Jahrzehnte vergangen, beginnt die Liebe von neuem. Es war schön, schwach zu sein und bejahrt. Nur Mela müsste ihm endlich auch von Angst und Ohnmacht erzählen.

Helga Schütz

DIE KIRSCHEN-DIEBIN

EINE ERZÄHLUNG

atb aufbau taschenbuch

MIX
Papier aus verantwortungsvollen Quellen
FSC® C083411

ISBN 978-3-7466-3468-5

Aufbau Taschenbuch ist eine Marke der Aufbau Verlag GmbH & Co. KG

1. Auflage 2019

Die Originalausgabe erschien 2017 bei Aufbau,
einer Marke der Aufbau Verlag GmbH & Co. KG
Umschlaggestaltung zero-media.net, München unter Verwendung eines Bildes
von © Prunus sp/Natural History Museum, London, UK/Bridgeman Images
Satz LVD GmbH, Berlin
Druck und Binden CPI books GmbH, Leck, Germany
Printed in Germany

www.aufbau-verlag.de

»Wir fahren geradeaus, immer weiter geradeaus, zurück nach La Dorada.«

Gabriel García Márquez

1
Wie Zwiesel

Thomas Falkenhain saß hinter dem Fenster. Er wartete.

Draußen wirtschaftete immer noch der Rasensprenger. Regen, der die Krone der Kiefer streifte und manchmal das Fensterblech traf.

Sonst drehte Leni den Wasserhahn zu, bevor sie ging.

Dann sah Thomas, wie der Regenfächer noch einmal winkte, schließlich niederkniete und im Gras liegenblieb. Das letzte Fächern war wie ein aufmunterndes Augenzwinkern von ihr. Echt Leni. Er wartete auf die Stille, die nach ihrem Abschied eigentlich kommen musste. Die erprobte Einsamkeit am Schreibacker mit ein paar unordentlichen Papieren und verzettelten Sachen. Melancholie und so weiter.

Leni war fort.

Wassersträhnen klopften gegen das Fenster.

Es ratterte im Keller, das war der alte Pumpenmotor. Ein fürchterliches Geräusch. Wenn er Ruhe haben wollte, musste Thomas durch die Küche in den Keller hinuntergehen, er musste im Wasserkeller mit dem schwarzen Bakelitschalter den Saft abdrehen. Es war ein alter Pumpenmotor, achtzig Jahre, so alt wie das Haus, beinahe so alt wie er selber, eine Vorkriegsinstallation. Eigentlich hörte er das Rattern nur in der Küche, am Schreibacker hörte er nichts, nur wenn er das Hörgerät im Ohr stecken hatte.

Doch auch jetzt, ohne das Hörgerät, der Fächer schwenkte, richtete sich auf, spreizte die Strahlen, warf einen Wasserschleier, regnete auf die Wiese und in die welken Azaleen hinein, es war ein lästiges Poltern in der Welt, er musste dem Lärm ein Ende setzen.

Er ging durch die Küche die Treppe hinunter. Jetzt war er mitten im Chaos. Die Welle ratterte im Eisengehäuse. Auf dem Zementboden stand eine Wasserlache. Der Schalter hing lose am Kabel, Dübel hatten sich aus der Wand gelöst. Durch das jahrelange Geratter war Putz heruntergefallen. Das Pumpwerk arbeitete ungehörig. Nicht mehr so gemächlich wie früher, eine Wasserlache hatte zwar immer im Keller gestanden, jedoch nicht beachtet. Ignoriert, der anhaltende Zerfall.

Immer ein kleines Erdbeben im Keller.

Solange wir hier hausen, hatte Leni ihn beruhigt.

Leni hatte gut reden, sie wohnte nicht mehr bei ihm, aber sie lebte mit ihm, sie kam zu Besuch. Leni, Leonore. Sein Mittagsstern, sie brachte Essen und Streit, also Leben, unser Leben in die morsche Bude. Die trockenen Sträucher, der dürre Rasen konnten sich freuen.

Leni kam immer zur rechten Stunde. Es gab Worte und Widerworte, zum Tee sogar absichtlich Krach, Selbstbeschimpfungen und Trost.

Darauf machte sich Leni wieder auf den Weg, nicht ohne vorher im Keller die Pumpe auf null zu drehen. Der Wasserfächer vor dem Fenster senkte sich zuletzt. Machs gut.

Auf einer Schiefertafel zusätzlich ihre Bitten:

Alter Priester, nach Sonnenuntergang nicht mehr barfuß laufen und niemals im kalten Flur. Und: Nicht vergessen, die Zeitschrift kündigen, damit nicht erst wieder ein Abo daraus wird.

Thomas Falkenhain entfaltete ein gebügeltes Taschentuch. Damit putzte er die Augen, wischte Tränen, kränkliche, die nichts zu sagen hatten.

Leni war fort. Er lächelte erleichtert, denn sie würde nun auch an ihn denken.

Ein Fachmann, ein sogenannter Pumpen-Rudolf, hatte ihm geraten, die alte Pumpe gegen eine neue aus dem Baumarkt auszutauschen, und er wäre beinahe darauf reingefallen. Zum Glück war er auf dem Weg zum Haus des Rundfunks in der Masurenallee an einem Fachgeschäft vorbeigekommen, einem Spezialbetrieb. Im Schaufenster lauter fabrikneue Pumpen. Im Geschäft konnte er eine Sammlung historischer Stücke betrachten, Modellbilder zur Hebetechnik, Einzelteile, eine sah aus wie seine betagte Pumpe im Keller.

Von einem Verkäufer endlich wahrgenommen, konnte er sein Anliegen nur als Ärgernis für seine Ohren beschreiben. Er habe einen Radaubruder im Keller. Marke, Baujahr? Thomas Falkenhain versuchte, den Tumult genauer zu beschreiben. Rasselnd. Schleifend. Kreischend? Als würde der Nachbar ein neues Gerät ausprobieren. Wahrscheinlich eine der ersten Pumpen überhaupt, wahrscheinlich gar eine Ohrenstein? Falkenhain wusste es nicht. Er hatte allerdings im Pumpenfachgeschäft gelernt, dass er sich auf gar keinen Fall von seiner alten Pumpe trennen durfte.

Guter Mann, lassen Sie die Finger vom Baumarktschrott, so der Rat der Fachkraft in der Masurenallee.

Thomas Falkenhain hatte daraufhin mit seinem Handy Fotos von der alten schutzwürdigen Pumpe in seinem Keller gemacht.

Er bewies sich gern, wie nützlich so ein Smartphone war, man hatte als zerstreuter, vergesslicher Typ wichtige Daten bei der Hand, man war nicht mehr aufgeschmissen in den Werkstätten und Geschäften. Er hatte auch Öffnungszeiten und Busfahrpläne fotografiert. Alles auf dem Display, jederzeit lesbar.

Er war aufgeschlossen für neue Funktionen. Eine App, damit konnte er das Handy als Taschenlampe benutzen. Er konnte Radiosendungen nachhören. Lauter Beweise, wie nützlich so ein Gerät war. Obwohl es keiner Nützlichkeitsbeweise bedurfte. Er und Leni hatten sich das Handy aus triftigen Gründen angeschafft. Zuerst die Schiefertafel für den Küchentisch und dann noch das Handy.

Das Gerät war Bedingung, eigentlich Voraussetzung. Man kann sagen, es war ein Unterpfand. Leni hatte die Gemeinsamkeit unter einem Dach aufgegeben, um mit ihm per Smartphone in ständiger, ja inständiger Verbindung zu bleiben. Räumlich fern, mündlich nah und stets, wo auch immer, vernehmbar. Leni erklärte, so noch viel besser als je zuvor mit ihm zusammenleben zu können. Fürsorglich, liebevoll, intim.

Sie hatten zwei Handys gekauft, zwei Verträge gemacht. Einmal für Herrn Thomas Falkenhain und einmal für Leonore Rose. Beide Geräte programmiert, mit E-Mail und WhatsApp, Kalender, Wetterbericht und so weiter.

Eine silikonene Hochzeit.

Mit dem Apparat konnte ein neuer Lebensabschnitt beginnen.

Sie hatten viele Jahrzehnte ohne offizielles Jawort in dem Alt Glienicker Massivsommerhaus mit der lebhaften Pumpe zwischen hilfsbereiten, man kann sagen in jeder Weise, also manchmal auch unanständig aufmerksamen Nachbarn gelebt. Anfangs rund ums Jahr, später, in der Nachwendezeit, hatten sie einige Frühlings- und Herbstmonate in einer von Lenis Onkel geerbten Berghütte bei Ravon verbracht, von dort aus konnte man in eine Felsenkirche gehen oder an Rainer Maria Rilkes Grab. Die allerschönsten Wochen schenkte ihnen aber bald nach ihrer Bekanntschaft in kargsten Unterkünften die Insel Hiddensee.

Das Haus in den Schweizer Bergen hatten sie verkauft. Leni konnte auf die Felsenkirche verzichten. Rilkes Grab war früher einmal ein Traumziel gewesen. Eigentlich hatten sie geplant, von dem Berghüttengeld eine Sicherheit für das Alter anzuschaffen, eine praktische Eigentumswohnung in Deutschland, was sonst, wo sonst. Für eventuelle Mieteinnahmen. Leni hatte die Sache in die Hand genommen, verkaufen und kaufen. Sie musste nicht lange suchen. Und dann hatte Leni gemeint, in dieser praktischen Eigentumswohnung sollte niemand anderer drin wohnen als sie. Als Leni allein. Fußläufig entfernt, um fünf Ecken, nur in zwei bis drei Kilometer Abstand vom alten Haus mit Garten, Keller und alter Wasserpumpe und dem alten liebwerten Thomas Falkenhain.

Alles einvernehmlich. Klaglos. Aber doch eigentlich schmerzlich. Es ratterte im Keller.

Der Regen vor dem Fenster, seit den Tagen des separaten Lebens ein Zeichen, dass Leni im Haus war. Sie kam in diesen heißen Tagen durch die äußere Kellertür. Er sah sie nicht, er beobachtete den Wasserfächer vom Schreibacker aus, an dem er hockte, wo er grub, wühlte, las, schrieb. Versunken in den dunklen Humus seiner Gedanken.

Der muntere Sprenger, das Rattern im Keller, kein Beweis mehr. Es regnete, aber der vertraute Kumpan war gegangen. Leni kam und verschwand.

Thomas ackerte an einem beinahe fertigen Prosatext, der erste Ausdruck lag vor ihm, zweiunddreißig Seiten, Zeilenabstand 1,5. Er würde den Schluss noch verändern, wahrscheinlich ohne das Ende enden. Würde den Anfang des Abenteuers hintenhin schieben. Die Germanisten, Rezensenten, Lektoren der Zeitschriftenverlage, die ihn achteten, nannten seine Texte Novellen, er nicht, er verzichtete auf Gattungsnamen. Wo wäre denn in seinen Texten das Dingsymbol, der zentrale Konflikt, der den Hergang zur Novelle machte, dieser sogenannte Falke. Vielleicht könnte im extrem Zeitgenössischen ein Handy die Funktion des Falken übernehmen. Oder ein Rasensprenger! Darüber wollte er nachdenken, später, wenn das andere gerichtet wäre.

Thomas Falkenhain setzte sich an den Küchentisch. Oft fand er noch Spuren. Wachteleier, die hatte Leni gekocht. Die am schönsten gesprenkelten waren übriggeblieben, einvernehmlich, zum Ansehen, weil auf den Schalen lauter Rätselzeichen waren. Sie hatten gegen Mittag gefrühstückt. Wachteleier und Brot von ihrem Bäcker.

Seine gefalteten Hände zitterten, das machte das Nachdenken und vom Nacken her ein überspannter Nerv.

Thomas hatte Leni vom letzten Stand seiner Rundfunkcollage erzählt, seinem Ackerwerk, das, laut Regisseur, ein systemischer Entwurf der Welt war. Zunächst, so hatte Thomas ihr erklärt, wollte der Rundfunkregisseur mit einer akustischen Spurensuche beginnen, die Teile, Texte, Geräusche, Musik, würden sich schließlich verflechten, verdichten. Bis sich das Einzelne zum polyphonen Porträt fügen würde. Alles schrecklich, aber wahrscheinlich die Wahrheit. Die Wahrheit darf nicht gut sein.

Leni hatte ihm zugestimmt und auch von einer nächstliegenden Sache berichtet, von einer Erdgastankstelle, wo man zur Druckerzeugung das Gefälle zwischen dem minus 160 Grad kalten Flüssiggas und der Umgebungstemperatur ausnutzen würde, eine Neuerung, die sie nicht brauchten, weil sie kein Auto hatten.

Ich komme erst am Sonntag wieder, hatte Leni gesagt.

Und er: Aber melde dich zwischendurch, per Mail, am besten per Mail.

So war er jedes Mal schnell wieder allein. Am Schreibacker, am Küchentisch, im Keller und draußen vor der Haustür.

Die Kiefern an der Gartengrenze knisterten. Die Sonne stand hoch in den Kronen. Hoch in den kupfernen Spiegelmänteln. Es war ein richtiges Wort, eine wiederkehrende Erinnerung. Spiegelmäntel.

Vielleicht war es tröstlich, zu wissen, dass Leni, bevor sie verschwand, am Fenster immer noch einmal winkte, meist hob sie beide Hände, sie schüttelte spöttisch den Kopf. Das Zeichen. Ich vergesse dich nicht. Ich habe die Pumpe nicht vergessen. Er lächelte gerührt. Er neigte den Kopf zur Seite. Er spitzte die Lippen, als wollte er ein Baby küssen. Die beiden Wasserfächer fielen langsam in sich zusammen. Er hatte die Stille gehört. Er war zufrieden. Kupferne Spiegelmäntel.

Leni ging zu Fuß. Sie war erleichtert, dass sie Thomas wieder so heiter, so zuverlässig vorgefunden hatte. Er kam zurecht ohne sie, ohne ihren alltäglichen Beistand. Ihre kleinen Verrichtungen waren weniger Notwendigkeiten als vielmehr Liebeszeichen. Kaffee kochen, die Fliederbüsche bändigen, zurückschneiden. Obst mitbringen. Leni war eine erfreuliche Zutat, gebraucht wurde sie eigentlich nicht. Aber eigentlich war es schön, gebraucht zu werden. In gewisser Weise. Und in Maßen.

Sie erschrak. Hatte sie das Gartenwasser im Keller wirklich abgestellt? Es wäre kein Beinbruch, sie hätte ein Gerät, um ihrem Ferngesellen einen Wink zu geben. Aber hatte sie das Handy geladen?

Handy aufladen, nicht vergessen.

Sie lief durch ein Wäldchen, dann unter Kastanien- und Lindenbäumen an Gärten entlang, zwei Straßenbahnhaltestellen, an der Sparkasse, am Kino vorbei, Richtung große Kreuzung. Sie war in ihren zierlichen Schuhen ziemlich flott gegangen. Eine leichtgewichtige alte Dame in modisch taillierter Filzjacke, Leggins mit Seidenschleifen an den Fesseln, die bequemen Laufschuhe standen zu Hause. Zu Hause? Da oder dort. Es gab unterdes verwirrende Möglichkeiten. Fast alle Bücher hatte Leni in den Flurregalen zurückgelassen. Sie sollten ihre Heimat nicht verlieren. Das Haus beherbergte viele Bücher, manche doppelt, denn Leni und Thomas hatten oft gleichzeitig das gleiche Buch gelesen. Nur so war das Leben gut, die Zeit einvernehmlich.

Die Hochsommerkleider steckten in einer Kleiderkiste.

Es war Streikzeit, deswegen fuhren die Straßenbahnen nicht, es verkehrten nicht einmal Busse. Viele Einrichtungen hatten geschlossen. Die Stadt hatte sich seit drei Tagen daran gewöhnt. Die Leute liefen schneller oder langsamer. Sie warteten, ob die Gewerkschaften ihre Maßnahmen aufgehoben oder die Kämpfe verlängert hatten. Vor der Commerzbank hielt ein Geldauto. Der Chauffeur verteilte grüne Aufklärungszettel aus dem Fenster.

Auch wir streiken ab heute. Wer wir? Die Geldfahrer. Die Nachricht zog hurtig vom Bäckerladen zu den Bauarbeitern unter der Brücke.

Leni in Slingbacks, Schuhen, spitz, hinten offen, mit leichtem Stilettoabsatz, in Leggins mit Schleifen an den Fesseln. Hatte sie in dieser Aufmachung den alten Thomas beeindrucken wollen? Er war, solange sie miteinander lebten, weder alt noch jung, er war wie sie selber jetzt inzwischen irgendwo zwischen siebzig und achtzig Jahren, und sie beide glaubten während der hellen Stunden des Tages an das ewige Leben. Scheinheilig, froh erschrocken über diese kindische Denkungsart. So war es in den schnell verflossenen Jahren gewesen, und so gingen die noch schnelleren Mobilphone-Tage.

Melancholie ist das Spazieren zwischen zwei Hoffnungen. Das war erst einmal nur ein Zitat.

Leni schwamm gern in seinen Gedanken. Sie stimmte selbstbewusst zu und hatte Humor.

Hoffnung entsteht aus Interesse am Sonntagsbier.

Vom vielen Meinen und Dafürhalten blieb schließlich als Rest eine Notiz unter dem Arbeitstitel: *Suche für eine Ewigkeit für jegliches*. Er schrieb den stolzen Satz: Hoffnung entsteht aus Interesse am Leben.

Einvernehmen herrschte auf heitere Art.

Aber Sex hatten sie selten miteinander. Sie hatten über die Jahre in den altmodischen Ehebetten, die noch von den Erstbewohnern des Sommerhauses stammten, beieinandergelegen, es war genug, dass sie sich atmen hörten, wachend, wenn der andere schlief, wenn der Schlafende im Traum stöhnte oder mit den Zähnen knirschte, dann suchte der Schlaflose mit seiner Hand die Schulter auf der anderen Seite. Es war gut, wenn der andere Ruhe fand. So entstand doppelter Frieden.

Leonore hatte kein schlechtes Gewissen, sie war nicht davongelaufen, sie war nur eine lange Strecke sehr schnell gegangen. In Schuhen mit höherem Absatz. Zum Unterwegssein ungeeignete Gürkchen.

Die Fußsohlen brannten, rechts im Schuh war es wieder so, als habe sich die Einlegesohle zusammengerollt, aber das war immer nur ein Gefühl, ein falsches. Rebellische Nerven, vielleicht hatte sich in der Hüfte oder in der Wirbelsäule etwas verklemmt, das nun strahlte. Sie hatte sich einen Augenblick auf der Bank vor der Apotheke niedergelassen, einen Augenblick die Schuhe ausgezogen, um auszuruhen.

Schräg gegenüber in der anderen, der frischrenovierten Apotheke gingen die Leute aus und ein. Hier wurde nicht gestreikt. Im Gegenteil. Es gab Luftballons und kostenlose Taschentücher. Die Schaufenster glänzten. Aber über dem Chrom waren die Mauern noch alt und grau, kriegsgeschädigt, das Dach mit Zeltbahnen geflickt, die Schornsteine schief, und wie zur Krönung hing vom hohen Erker herab eine dunkelrote zerknitterte Fahne, genau im Winkel, groß und richtig, Hammer und Sichel.

Die geputzte Apotheke verkehrte die Szene, sonst stimmte der Ort. Die Fahne war echt.

Jemand hatte dort oben über der Apotheke ein Kapitel im Geschichtsbuch aufgeschlagen. Pünktlich in der Woche um den 8. Mai, korrekt zum siebzigsten Jahrestag.

Die Fahne war echt. Ein Überbleibsel.

Leni hatte auch noch die Socken ausgezogen, barfuß, blaue Knöchel, die Fersen aufgerieben. Sie kühlte die Fußsohlen auf dem Pflaster. Sie war gewiss die Einzige unter den Streikenden und Nichtstreikenden hier auf dem Platz, die wissen, erkennen oder fühlen konnte, was da aus dem Fenster hing. Kein Theater, keine Schlagzeile. Ein Überbleibsel.

Niemand nahm Notiz von dem Lappen.

Leni war damals sechs Jahre alt.

Jemand hatte die Fahne aus einem dunklen Winkel hervorgeholt. Sie passte an das Eckhaus mit dem hohen Erker, so war damals der Krieg zu Ende gegangen.

Die Russen kletterten mit ihren roten Fahnen auf Balkone und Türme, auf die kaputte Reichstagskuppel zum Beispiel, dann schlugen sie mit dem Gewehrkolben die Türen auf. Frieden, keine Bomben mehr, nur noch Hunger und Kälte und Todesurteile. Am rechten Fuß drei erfrorene Zehen, Unterkommen in einer Kaserne, ausgebombte Frauen und Kinder, Trecks aus dem Osten, ebenfalls Frauen und Kinder. Wer lebte dort in der Wohnung mit dem Erker? Jemand, der so alt war wie Thomas Falkenhain und Leonore Rose, so alt geworden, ein Mitwisser, jemand, dem man nicht erklären musste, was Himmel und Hölle ist. Ein Straßenspiel. Oder Schraps hat seinen Hut verloren. Leni hat ihn! Leni hat ihn nicht, Schraps hat ihn! Oben über der Apotheke, wo die Fahne hing, wohnte Schraps, der hatte wieder seinen Hut verloren.

Leni zwängte sich in die Schuhe.

So viele Jahrzehnte waren gewiss einen Seufzer wert und eine richtige Rast, eine Einkehr in der Zillestube, die hatte guten Kaffee, dazu einen geselligen Kater zum Streicheln, Zeitungen, Werbebroschüren. Taschenbücher. *Gott für Einsteiger*, solche Sachen.

Schnell hatte sich das Spinnrad gedreht, die Spindel war voll. Im Garn viele schlechte Knoten, so viele verschlungene, auch manchmal dünne Läufe. Dazwischen ein hängender Faden, manche Strecke dagegen zum Zerreißen gespannt.

Die Spindel war voll, noch drehte sich das Rad.

Man müsste alle Überbleibsel vom Krieg zusammentun, alles auf einen Haufen. Die Luftschutztaschen, die Mörtelhämmer, die Klapphocker der Trümmerfrauen, die umgepressten Hüte, aus zwei mach eins, die Puppenstubenmöbel aus Zigarrenkisten, die Rezeptzettel, man nehme 1 Kilo geschälte Eicheln, dazu das Schlesierlied, den Hamsterrucksack, die Frisierzangen für die Wasserwellen, das Heft zum Erlernen der russischen Sprache. Eine Fibel für Anfänge. Herausgegeben im Auftrag der Deutschen Verwaltung für Volksbildung in der Sowjetischen Besatzungszone. 1945. Druck von Oswald Schmidt, Leipzig. Erstes Kapitel: Familie Petrow. Mama, Papa, Anna und Mischa. Merkt euch: Der Russe schreibt gewöhnlich alle Wörter klein. Wahrscheinlich kam von daher der Mut und gleichzeitig die Verzagtheit. Was man in der Kindheit lernt, das bleibt. Nächstenliebe ist nicht angeboren.

Thomas und Leonore, oder Leni, wie man sie unter Freunden nannte, hatten sich wohl nicht ineinander verliebt. Aber sie waren hocherfreut, als sie sich dermaleinst in Leipzig während der Nacht zwischen Silvester und Neujahr endlich gegenseitig erobert hatten. Alles war gut. Größe, Geruch, Esprit. Ein Ja, ein Nein, eine grade Linie. Ein Glück. Den Freunden gefiel das eigenwillige Paar, seine Lust, miteinander zu streiten, sein friedliches Einvernehmen. Sie reichten sich zärtlich die Hände, wenn sie kräftig gestritten hatten. Sie lachten einstimmig, leise, mit glänzenden Augen. Die Freunde lachten laut.

Das Paar hatte keine Kinder. Wie verhielt es sich damit? Ein wunder Punkt. Man vermied oder wechselte das Thema. Einmal hatte Leonore die Ferien auf Hiddensee in der Vorsaison erstaunlich sachlich kommentiert. Leute, wir konnten immer fahren, wenn es noch leer war, weil wir keine Kinder hatten. Man spürte, wie sie jetzt unerschrocken sein wollte, aber nicht das richtige Wort fand. Wir konnten immer – kein Vorzug, nur eine mutig eingestandene Tatsache, man spürte gleich auch, wie die Freunde und Bekannten, die das Problem längst unter sich beredet hatten, nach überraschtem Schweigen so ein stilles halbes Leben gelten ließen. Sogar ein bisschen priesen. Verwunderlich bleibt aber, warf einer ein, warum habt ihr euch nicht wenigstens beizeiten eins angenommen. Eine Anmerkung, die sich nicht gehörte und durch den Zusatz nicht besser wurde. Das war doch auch im Osten erlaubt. Adoptionen oder Annahmen an Kindes statt.

Früher, in der Schreibzirkelzeit, hatte Thomas einen Text zu einem Bilderbuch geschrieben. Danach war noch ein Band mit Gute-Nacht-Geschichten erschienen. Der Verlag wartete auf Weiteres. Zum Beispiel auf die angekündigte Story über den Mond, der ins Wasser gefallen war.

Thomas Falkenhain rückte einfach nichts heraus.

Er verwies auf das Interview im *Bienenstock*. Darin hatte er auf die Frage, ob es anders sei, für Kinder als für Erwachsene zu schreiben, geantwortet: Ja, es sei anders, ganz bestimmt anders. Und auf Nachfrage hatte er hinzugefügt: Für Kinder sei selten ein Text gut genug.

Und außerdem, der Mond sei in einen Grenzsee gefallen. Durch den See verliefen Ländergrenzen. Todeszonen. Es bestünde Gefahr, der Mond könne gegen eine Wassermine krachen.

Ach so, na dann. So was braucht Zeit.

Wenn Kinder in seiner Nähe waren, fühlte sich Falkenhain in ihren Kreis gezogen. In der Straßenbahn machte er hinter der Hand Grimassen, die nur für die Kleinen deutbar waren. Er blickte aus dem Fenster, wusste, dass die Kinderaugen ihm folgten. So führte er im Fensterspiegel stumme Dialoge, so wurde er Gespenst, war Schatten, war Geist, ein guter oder einer mit Hörnern, eine komische alte Fratze. Er lauschte dem Gedöns der Großen mit ihren bunten kaputten Taschen, in der Neuen

Zeit mit ihren handtellergroßen elektronischen Himmelsleitern.

Einmal war er auf dem Hinterperron der Straßenbahn ins ohrenbetäubende Schulschlusschaos von Teenies geraten. Es dauerte eine Weile, ehe er kapiert hatte, dass er in seinem Clownsalter wieder einer der Ihren geworden war.

Äh, Bruder, keine Ahnung, oder? Mann, bist du taub, das ist dein Teil in der Hosentasche. Eh, du Nerd, komm zu dir, Greis, oder bist du tot? Steig aus der Furche, alte Kartoffel.

Es hatte tatsächlich bei ihm an der Hüfte gezirpt und auch noch gerüttelt.

Kartoffel dankt!, hatte er zu den munteren Burschen gesagt und ihnen erklärt: Ich höre das Handy wahrscheinlich im öffentlichen Verkehrslärm nicht, und noch opagerecht hinzugefügt, dass er den Krach, ihr Geschrei, die laute Streiterei bescheuert finde. Muss denn immer gestritten werden.

Schon gut, alter Sack. Nimms nicht tragisch und merk dir, du Kasper, wir streiten nicht, wir erzählen uns was.

Eine rätselhafte Welt – schwer zu erkunden.

Faul, aber immer in Bewegung. Er stand gern mittendrin oder wenigstens in der Nähe.

Das Leben von Thomas und Leonore verlief in einer graden Rückwärts-Vorwärts-Bahn, weil es keine Kinder gab, die auf einer Spirale bunte Daten streuten. Geburt, Laufenlernen, Schuleinführung, eine Zeit vor dem Beinbruch und der Wechsel in die anderen Schulen.

Sie schwammen mit ihrer Generation. Das Kriegsende steckte ihnen in den Knochen, sie erinnerten sich daran, was vorher war, Hakenkreuze und Marschmusik, und was danach kam, nämlich der Bau der Mauer samt Koexistenz, darauf, nach Jahrzehnten, der Mauerfall.

Ereignisse hatten sich vor oder nach dem Mauerfall zugetragen. Das Datum war einschneidend, bezeichnend, bestimmend, selbst wenn es eigentlich bedeutungslos war, zum Beispiel dafür, dass sich Leni kurz nach der Wende nicht mehr die Haare färbte. Ich bin jetzt grau, hatte sie beschlossen. Thomas war nicht froh darüber, er sagte aber nichts.

Zu Mauerzeiten ging Leni oft zum Friseur. Sie hatte schönes Haar. Wunderbar leicht in Form zu bringen. Naturwellen über den Schläfen und am Hinterkopf, also genau an den richtigen Stellen. Das Tönen besorgte sie vor dem Haarschneiden zu Hause mit Henna, einem grünlichen Pulver, das ein Filmeinkäufer vom ungarischen Fernsehen nicht zu knapp für die Kolleginnen in Adlershof mitbrachte.

Es war eine langwierige Prozedur. Der Kopf wie unter einem Kuhfladen. Mit dem schwachen Durchlauferhitzer brauchte es lange, die moosgrüne Pampe auszuspülen. Aber dann, ein strahlendes Fuchsrot wie sonst nur noch bei den anderen Mitarbeiterinnen der Sandmanntruppe und bei Herrn Fuchs höchstselbst, dem beliebtesten negativen Helden der Abendgrußgeschichten. Dank Pan Katletz. Das Fuchsrot leuchtete. Es loderte in Fluren und Schneideräumen, aber nach Feierabend verteilten sich die roten Frisuren, das Fuchsrot verschwand in Ostberlin, Königs Wusterhausen, Potsdam.

Leonores roter Schopf war, wenn sie zu Hause die Vorstadtwege und die Brache querte, eine Provokation.

Der Nachbar konnte nur staunen.

Was waren denn das für Leute? So was wie früher die Zigeuner.

Dieser Frau fehlte nur noch der Besen, man konnte sich vorstellen, wie sie in wehendem Kittel über das Birkenwäldchen flog, die Hände steuernd am Besenstiel, die Mähne wie Flammen. Und der Mann den ganzen Tag in schwarzem Oberhemd oder einer Art Russenkittel, immer zu Hause. Ein Langschläfer.

Allerdings in letzter Zeit trieb er sich manchmal schon in den Morgenstunden im Wald herum.

Was waren denn das für Leute? Freundlich, eigentlich, aber aufgepasst.

MfS HA XX ZMA

Nr. 20135. Es wurde festgelegt og. in einem operativen Vorgang gemäß § 219 (2) StGB zu bearbeiten.

Der Nachbar machte das nach Ermessen mit Kugelschreiber und Schreibblock. Korrekte Uhrzeit. Aktivitäten. Spaziergänge am Kanal.

7:30 – Th. Falkenhain verlässt das Haus. Trägt leeren Spankorb, Küchenmesser, sog. Schnitzer.

11:00 Th. F. kehrt zurück. Spankorb halbvoll, mit Gras bedeckt. Noch Pfifferlinge? Schon Maronen? Später ganz oben auf dem Kompost: Teebeutel sowie einige Küchenabfälle, darunter eindeutig Rückstände von Fliegenpilzen.

Sonst keine Erkenntnisse.

Das Unabänderliche, die Zeit verging, dazwischen lange, stille Wochenenden. Für schwarze Gedanken gab es Gründe genug. Der Homo sapiens hatte sowieso keine Lebenschancen, weil die Fische starben, die Luft nichts mehr taugte, Aids die nächsten Generationen töten würde. Das traf heftiger die Völker, die frei in der Welt herumzogen, die Sesshaften vernichteten die Chemie und Tschernobyl. Kinderlosigkeit, sollte das gar ein Trost sein? Leni stieß das Gartentor mit der Schuhspitze auf, mit dem Absatz trat sie es zu. In den Händen die Einkaufsbeutel, die Tasche mit den Schnellheftern. Sie verschwand schnell ins Haus.

Die Tage waren finster geworden.

Thomas durchstreifte die Kiefernwälder, nicht weit vom Krampnitzer Schießplatz entfernt. Zu bestimmten Zeiten knatterten

Übungspatronen. Schrott lag am Weg, mitten im Wald sogar ein vergammelter Panzer. Das war ein beruhigendes Bild. Krieg würde es wahrscheinlich nicht geben. Nicht direkt hier. Vielleicht woanders. An der chinesisch-russischen Grenze.

Thomas sammelte nur die besten, noch knollig festen Exemplare. Amanita muscaria, Narrenpilz, Rabenbrot, Fliegenpilz. Thomas kannte sich inzwischen aus, im Wald sowieso, aber auch in den Rezepturen. Er hatte sich aus der Staatsbibliothek und von Kennern Bücher ausgeliehen. In Japan, wie an manchen anderen Orten der Welt, war die rauschhafte Wirkung des Amanita von alters her bekannt. Das Hungergefühl wandelte sich in glückliche Zufriedenheit, der Orient, der südliche Himmel kam ins Haus. Manche kauten grüne Mohnkapseln, manche klauten Hortensienblüten aus den Vorgärten, um daraus einen bittersüßen Tee zu kochen.

Thomas glaubte an Amanita muscaria, rot mit weißen Punkten.

Das Wochenendgrau, die Düsternis und die Neugier, hatte Thomas und Leonore gleichzeitig gepackt. Das war das Gute daran. Beisammensein. Festhalten, Musik hören, sanfte Klänge, festhalten und sogar tanzen.

Sie standen am Fenster, als sich der Himmel allmählich senkte. Gelbe Wolken eilten. Vorboten. Windböen. Leni hatte die Pilze in den Mansfelder Küchenentsafter gepresst. Ein Likörgläschen Saft, das war nicht genug, also hatten sie die Rückstände aus dem Entsaftersieb gekratzt und mit Milch, Pfeffer und Salz gegessen.

Sturm bog die Kiefernstämme. Die Wiese war in einem Streich mit Glassplittern übersät, von weitem hatte es noch ausgesehen wie verregnete weiße Blütenblätter oder zerfetztes Seidenpapier, aber als sie aus der Haustür traten, erkannten sie: Glas. Die Kuppel war zerbrochen. Welche Kuppel?

Sie waren einer Meinung. Die Himmelskuppel. Wenn du hochschaust, siehst du nichts mehr, höchstens Luft. Das sind keine Wolken, hatte Leonore wiederholt, eine zersplitterte Glaskuppel lag auf der Wiese.

Die Zeit heilt, das wusste man natürlich. Das andere war die Trägheit. Keine Kraft, nirgends.

Willst du mitgehen? oder vorangehen? oder für dich gehen?

Leonore wollte die Feuerwehr alarmieren. Auch Thomas wollte die Feuerwehr rufen.

Aber wie?

Thomas hatte am Gartentürchen gestanden. Ist da einer?

Leni hatte mit Magenkrämpfen auf der Bank unter der Traufe gelegen.

Wenn der Nachbar nicht gekommen wäre, der hatte keine Ahnung, aber er half. Kotzen ist gut. Ein Schnaps und tief atmen. Sie saßen zu dritt auf der Bank. Es hatte angefangen zu regnen. Die Traufe schützte.

Wenn Sie die Glassplitter auf der Wiese meinen, die liegen hier überall, wahrscheinlich seit dem Mauerbau. Damals wurde hier bis hoch in den Böttcherberg schwere Technik eingesetzt. Kettenraupen. Bagger. In unserer Gegend hat es schon unter dem Großen Kurfürsten etliche Glasbläsereien gegeben. Man weiß es nicht, wo die Splitter herkommen. Nicht von oben, die kommen von unten aus der Erde herauf, das ist sehr altes Zeug.

Bericht schrieb der Nachbar keinen. Was sollte er melden. Unbehagen wegen Glasscherben im grenznahen Raum.

Von unten oder von oben Splitter. Sie zerstachen die Fahrradschläuche, schnitten in die Fingerspitzen, sie stachen im Kopf. Migräne.

Thomas war noch einmal in den Wald gegangen. Diesmal hatte er die Amanita entsaftet und mit Milch verkocht. Es half nicht, gegen nichts. Die Migräne war sogar noch schlimmer geworden. Mit Aura und Übelkeit.

Nie mehr. Leni versteckte den Mansfelder Entsafter im Keller. Sie hatte über Senta, eine Bekannte aus Adlershof, einen Termin in der Neurologischen der Charité erwirkt.

Neuro, ist denn das richtig?

Nicht ganz, aber der Mann passt. Es kommt auf den Mann an.

Senta, die rothaarige Senta, hatte recht.

Chatschaturjan war ein angesehener Charité-Neurologe, Internationalist und damit über den Wolken. Er gehörte zur Riege der Redner, wenn der Friedensrat tagte, Manfred von Ardenne, Lin Jaldati, Peter Schreier, die Porträts am nächsten Tag in der Zeitung.

Thomas Falkenhain kannte den Fremdling Doktor Chatschaturjan aus Leipzig. Blochmannstraße. Chatscha nannten ihn seine Nächsten. Er hatte Leni und Thomas einmal in seinem großen Auto auf der Heimfahrt mitgenommen. Er war extra bei Michendorf von der Autobahn runter. Neben ihm auf dem Beifahrersitz Hein. Hein, der nach Berlin-Lichtenberg wollte. Während der Autofahrt wurde anheimelnd gesellig geschwiegen. Thomas erinnerte sich an Musik, Violine von der Hutablage, Violine vorn aus den Türen, ohne jedes Rauschen. Stereo Dolby Surround, leise, fein.

Doktor Chatschaturjan meinte, die Pilzsache wäre nicht weiter schlimm. Mancher verträgt das Zeug ziemlich gut, es eigne sich, aus Stacheldraht Sterne zu machen, sozusagen aus Scheiße Bonbons, aber andere bringen sich mit Fliegenpilzen um. Du gehörst wahrscheinlich zu den anderen. Wenn du einverstanden bist, nehme ich euch auf, stationär.

Thomas und Leni waren einverstanden. Leni blieb nur ein paar Tage. Thomas blieb wochenlang. Das Attest wurde ohne weiteres verlängert. Er wohnte in einem freundlichen Einzelzimmer mit Blick auf die Spree.

Es war eine Existenzmöglichkeit. Die Theater waren fußläufig zu erreichen, auch die beiden Opernhäuser waren nahe genug.

Hinter der Tür mit dem Schild »Sprechzimmer« wurde Klein-Paris, also Leipzig, Außenstelle Blochmannstraße, gespielt. Es war ein großer kahler Raum mit Schmiedeeisen vor Gründerzeitfenstern, alten Klinikblechschränken, einem schwarzen Schreibtisch für den Chef, für das Volk neue Tische, reichlich neue Stühle. Thomas genügte ein Blick, Importhölzer, rumänische Bukowinabuche. Es roch wie in der Holzbude, wo er in der dürren Zeit einmal Geld verdient hatte.

Die Wände waren nackt. Kein Bild, als stünde ein Umzug bevor. Vielleicht sollte auch nur renoviert werden. Ein Sprechzimmer war es eigentlich nicht. Es war Doktor Chatschaturjans Refugium, hier ließ er geschehen.

Kein Alkohol, aber süßer Wein stand bereit. Laborbecher aus Pappe.

Eine übersichtliche Versammlung. Die meisten Patienten hockten aus verständlichen Gründen am Ende eines Flurs im Fernsehzimmer. Nachrichten, dann *Derrick* oder *Der Alte*.

Es war gut so. Hein war mit zwei Neulingen aus Jena erschienen.

Wenn es kritisch wurde, hatte der Chef einen Rumi-Spruch auf Lager. Zeig dich entweder so, wie du bist, oder sei so, wie du dich zeigst.

Gerne kamen Leute vom Berliner Ensemble vorbei. Eine Schauspielerin brachte ihren Gefährten mit, einen herzkranken Philosophen, der in Bautzen gesessen hatte. Thomas kannte ihn. Thomas hatte sich, noch bevor er richtiger Student geworden war, bei ihm illegal in eine Vorlesung geschlichen. Der damals sehr junge Philosoph hatte den Schwarzhörer im Kleinen Hörsaal nicht rausgeschmissen. Frechheit vertreibt man nicht. Frechheit muss siegen.

Jetzt legte der alte Herzkranke einen Stapel abgegriffener Korrekturseiten auf den Tisch. Ein Setzer in der Druckerei Pößneck hatte sich vertan. Statt *Hymnen an die Nacht* hatte er *Hymnen an die Macht* gesetzt. In Blei, genau Zeile zwölf von oben, Seite 528 zu einem Buch über Jean Pauls Revolutionsromane.

Die versammelten Klein-Paris-Spieler guckten sich die Stelle auf der Seite an. Man setzte die Brille auf. Falkenhain zuckte die Achseln, er wechselte mit Chatschaturjan einen Blick.

Verrückt, oder?

Der Setzer aus Pößneck soll, wenn es ernst wird, zu uns kommen.

Auf so was sind wir vorbereitet, stimmt's, Schwester Lotte? Chatscha war gut gelaunt, aber nicht übermütig.

Macht. Nacht. Der Setzer aus Pößneck gehört zu uns.

Chatscha deichselte die Debatte.

– Wir loben, wir meckern, weil wir wenig verstehen.

– Wir lernen, wie die Dinge heißen, aber nicht, wie sie sind.

Nach einer Weile schlang der Philosoph einen festen Gummi um seine Papiere. Thomas fühlte sich dem Gast verbunden. Seiner Geste damals im Kleinen Hörsaal. Er schätzte auch seine Begleiterin, beinahe wäre er ihr schon früher einmal begegnet. Sie hätte fast einen Text von ihm im Rundfunk gelesen. Ihr Part im Text hatte der Schauspielerin gut gefallen, aber schließlich war sie ausgestiegen. Immer Mütter. Damit sei es jetzt mal genug, hatte sie der Hörspielredaktion mitgeteilt.

Erst die Absage hatte Thomas gezeigt, dass in seinem Radiospiel eine Art Pelagea Wlassowa agierte oder eine Mutter Courage. Hatte er nicht vielmehr an seine Mutter gedacht oder an eine Mutter, die einen Karren über den Havelberg schiebt. Es war schade. Ihre Stimme dem Falkenweib, das wäre es gewesen. Davon war er immer noch überzeugt.

Die Schauspielerin erinnerte sich bestimmt nicht mehr an den Text und auch nicht an seinen Namen. Thomas verbot sich eine Annäherung.

Er spürte die Missstimmung unter den Alten. Abbruch und Aufbruch. Der Philosoph mit der Mappe unter dem Arm war vorausgegangen.

Seine Begleiterin hinter ihm her.

Thomas folgte ihnen im langen hässlichen, ölgrün gestrichenen Klinikkorridor – auf ein Wort des Dankes, vielleicht wegen damals oder überhaupt. Unrecht. Unheil.

Der Philosoph drehte sich nicht um. Verdruss. Große Schritte, das galt nun auch seiner Begleiterin, die ihn während der Haftzeit geheiratet hatte. Verdruss.

Thomas nippte am Laborbecher.

Hast du nicht gemerkt, dass er uns das Paket aufdrücken wollte. Beinahe wäre es an dir hängengeblieben. Siebenhundert Seiten. Er hat sich mit jedem, der es gelesen hat, so sehr gestritten, dass sie sich jetzt nicht mehr kennen. Ich kann Namen nennen, aber ich nenne keine.

Mit solchen dicken Büchern werden der Welt nur immer neue Irrtümer übergeworfen.

Chatschaturjan konnte grimmig sein. Wenn ein Buch nicht gedruckt wurde, na und! Er schickte dem Autor einen Scheck, eine Kiste roten Kindzmarauli und schwarze georgische Nüsse. Hein, zum Beispiel. Hein redete nicht viel und gleich gar nicht über Druckverbote. Chatscha wusste das Neueste aus dem Radio, er hörte in seinem Auto RIAS-Kultur.

So erklärte es sich, dass Hein schon einige Kisten auf seinem Balkon gestapelt hatte. Leider sehr süß.

Hein war Wodkatrinker. Aus Gründen der großen russischen Kultur.

Und Zigarrenraucher. Das passte zu seinen verschlungenen Gedanken. Nothing is more real than nothing. Am liebsten war Thomas mit Hein allein unterwegs.

Treffpunkt unter dem Bogen am Haupteingang.

Hein kam mit schwarzem Stockschirm, um eine große Runde zu drehen. Regen, oder hatte es aufgehört? Es nieselte. Schirm lohnte sich nicht.

Luisenstraße, Friedrichstraße.

Hein trug seinen dunkelblauen Levi's-Anzug, Thomas eine helle Leinenhose, dazu seinen kurzen hellen Coat. Drunter trug er jetzt wieder wie in Studentenzeiten ein Russenhemd.

Sie gingen und blieben auch stehen. Erst als ihnen das Wasser in den Nacken und den Rücken hinunterlief, fiel ihnen auf, dass die Leute unter Schirmen gingen.

Es schüttete, sie spannten den Schirm auf. Unter den Linden, Zeughaus. Die Sonne warf längst wieder das fromme Kreuz auf die Fernsehturmkugel.

Falkenhain hielt den schwarzen Schirm hoch. Sie spazierten zum Alexanderplatz. Es gab viel zu erzählen. Hein hatte es geschafft. Der alte Ernst Jünger hatte ihn empfangen. Das Wetter sei kühl bis kalt gewesen, also sei man nicht klassisch wie die alten Griechen beim Debattieren draußen herumgegangen, sondern habe im Raum gestanden. In Ernst Jüngers Arbeitszimmer, zwischen dem Schreibsekretär und der tiefen Fensterbank mit den üppig blühenden Schiefblattbegonien. Der Alte, größer als er, habe sich lange nicht hingesetzt, habe die Stehposition beibehalten, um dem Besuch auf die Schulter zu klopfen. Auf Heins und im übertragenen Sinne immerzu auch auf die Schulter des standhaften Selbst. Ein Schulterklopfen dem Zeitgeist. Der Mensch erträgt keine Ruhe, weil sie ihn zur Verzweiflung bringt. Er muss sich zerstreuen. So, mit einem Satz von Pascal, habe er über die östliche Solidarność-Bewegung geurteilt. Er habe über Glasnost und Gorbatschow Bescheid gewusst. Neue

Opfer seien die Russen, obwohl, von Opfern würde er ungern reden.

Thomas beneidete Hein um seinen Mut, seine Umtriebigkeit. Er hatte ja nicht nur bei dem hochbetagten Ernst Jünger um Empfang bitten müssen, er musste vor allen Dingen im Kulturministerium, vielleicht auch in der Akademie der Künste mit Erklärungen und Versprechen ein Visum erwirken. Um diese Stellung, den Kniefall, beneidete er den Freund dagegen gar nicht. Er traute sich nicht nachzufragen, wie man so einen Bittgang inszeniert und schließlich verkraftet. Ein heikles Thema. Vielleicht brachte Hein als Dichter genug Devisen in die staatlichen Kassen. Ein heikles Thema, ein Sachverhalt, der sich als Geheimnis groß gebärdete, aber im Grund wahrscheinlich ziemlich einfach war. Von Mensch zu Mensch.

Das Jahr 1988 mit den Charitéwochen blieb Thomas und Leonore, kann sein einem ganzen Land, als das längste Jahr der modernen Zeitrechnung im Gedächtnis.

1988 war so träge fortgezogen, weil die Jahre danach in der Erinnerung so rasend schnell davongaloppierten. Mindestens in den beiden folgenden Jahren flogen den Menschen, jedenfalls denen, die in Germany Ost zu Hause waren, die Batzen um die Ohren.

Die Zeit wie ein freigelassenes Ross.

Die nächsten zehn Jahre behielten das neue Tempo. Die Hufe flogen, die Erde schnaufte, sie stürmte im Galopp um die Sonne herum. Dauernd war Weihnachten, schon wieder Ostern, schon wieder Steuererklärung, die jährliche Glaukom-Untersuchung stand schon wieder bevor, die Zahnkontrolle, schon wieder Müll- und Mitgliedsgebühren. In den Hochschulen rückten schon wieder neue Studenten an. Im Nu hatten sich zehnmal die BahnCard, noch mehr Bibliotheksausweise, lauter sogenannte chip cards, in der Pralinenschachtel gesammelt. Man musste

Wiederholungsanträge stellen. Die Ämter wurden gleichfalls vom Tempo getrieben. Sie verzichteten auf ein neues Passbild. Sie kopierten jedes Jahr das alte Foto, und es geschah, dass man an seine frühere Visage glaubte. Sie war verschwommen genug, man trug einen grauen Pullover oder ein Russenhemd, dunkles, verschmitzt seitlich gescheiteltes Haar, darunter eine trotzige Stirn- und Augenpartie, bartlose Wangen, ein nacktes Kinn und immer noch in den Mundwinkeln das geforderte Lächeln. Sieht er nicht aus wie ein Dekabrist oder vielmehr wie James Dean in dem Film *Jenseits von Eden* oder *Sie wissen nicht, was sie tun*. Wie James Dean jetzt aussehen würde, weiß man nicht. Nur sein junges Gesicht und sein Ruhm sind geblieben und wächst immer noch – jetzt grade in den Kinos, wo die alten Filme wieder laufen.

Alle anderen Leute auf der Welt waren im Affenzahn älter geworden, in Rente gegangen oder vorher aus der Stellung geflogen.

Thomas und Leni konnten nun, nachdem sich die Nachkriegskonfrontationen endlich aufgelöst, erst einmal in Politik und Besitzstreit verzogen hatten, auch gastfreundlich sein, sie konnten Besuch empfangen.

Autos parkten direkt vor dem Gartentor.

Den meisten Freunden war ein Besuch bei Leni und Thomas früher zu heikel gewesen. Westler fürchteten sich vor dem Osten mit seinen berüchtigten Kontrollorganen. Zu Recht oder nicht.

Der Abschnittsbevollmächtigte gegenüber war ebenfalls im Galopp älter geworden, alt und so grau wie jetzt auch sein einst fuchsroter operativer Vorgang Leonore. Er wohnte als Witwer und Rentner immer noch in seiner handwerklich gepflegten winterfesten Laube. Mit Hüftbeschwerden, das Herz lief nicht mehr richtig im Takt, meist ging er mit Krücke, manchmal gar mit Rollator. Schon deswegen konnte er die neue Zeit nicht freudig begrüßen.

Als sein Tätigkeitsfeld kleckerweise offenbar wurde, waren manche empört, andere nickten, weil geahnt, es gab auch einige, die ihn bedauerten. Thomas zum Beispiel. Sein Nachbar sei nicht einmal gut bezahlt worden für die Sauerei.

Er wurde von den meisten trotzdem, wie es sich gehört, gegrüßt, von einigen Anwohnern aus dem Eck wurde er manchmal im Auto zum Einkaufen ins Sterncenter mitgenommen. Sie konnten sich erinnern, dass er ihnen damals, als sie junge Kerle waren, Gammler mit langen Haaren, Geld gegeben hatte. Drei Mark, damit gehst du jetzt aber hopphopp marschmarsch zum Friseur. Das war seine private Entspannungspolitik. Das waren seine Rettungsversuche. Er hatte die Jugend um sich herum retten wollen. Haare schneiden. Damit wäre schon was gewonnen. Er bearbeitete ja damals nicht nur die Rothaarige und den schrägen Vogel Falkenhain, er musste außerdem noch die Langhaarigen observieren.

Mit Falkenhain und Leonore versuchte er auch in dieser Neuen Zeit in Kontakt zu bleiben. Einmal vor Jahren hatte er mit Falkenhain zusammen einen toten Pudel begraben. Ein herrenloses Tier. Vielleicht stammte der Pudel aus dem Westen. Ein Maueropfer von drüben. Sollte er einen Bericht verfassen? Über die Hilfsbereitschaft von Falkenhain. Über ein Hundebegräbnis im grenznahen Raum. Über zwei-, dreimal Fliegenpilze.

Über die lange Abwesenheit von Falkenhain hatte er sich ernstlich Gedanken und dann auch noch handschriftliche Notizen gemacht. Zur Reinschrift musste er sich schließlich nicht mehr bequemen. Falkenhain war wieder zu Hause. Nur noch als Nachbar, kein OV mehr. Nicht nur das. Nicht nur deswegen keine Zeile mehr. Die Zentrale hatte sich aufgelöst. Sein Führungsmann saß jetzt im Stadthaus, er kannte sich aus in sowjetischen Liegenschaften.

Leni hatte sich nach Akteneinsicht ein paar Kopien von seinen nummerierten Meldungen machen lassen.

Dorfstraße 8. Audi mit Hamburger Kennzeichen, siehe Foto. Fahrzeughalter Raddatz, 50, mittelgroß, Handgepäck. Weinflasche. Blumen! Aufenthalt 4 Stunden.

Wbl. Person mit länglicher schwarzer Tasche od. Koffer. Geige? Ev. Frau von Westfernseh-Ekel Alfred! Aufenthalt 5 Stunden!

Dieselbe Person mit Kind (Sohn?). Kind trägt beim Verlassen des Hauses eine junge Katze auf dem Arm. Katze wird ins Auto verbracht.

An der akkuraten Mitteilung des Bevollmächtigten klammerte ein Telegramm. Alle gut angekommen. Herzlich, Marlies.

Eine kleine Katze hatte also in einem geflochtenen Bastkorb den Eisernen Vorhang passiert.

Die Katze hatte es geschafft, der Hund von vormals drüben lag abgeschieden in der Klein Glienicker Senke begraben.

Die Thomas-Leni-Generation war jahrelang erfüllt von solchen tolldreisten Geschichten. Spannende Kapitel spielten in Umweltbibliotheken oder in einer Kirche beim Popkonzert, sie führten über verrückte Experimente mit Hortensien oder Fliegenpilzen zu Meister Chatschaturjan in die Charité und nicht selten in den Vollzug, sie endeten schließlich, schon begleitet oder angestachelt von der nächsten Generation, recht überraschend in einer neuen Zeit mit hartem Geld und privatem Eigentum und freien Wahlen.

Hinter den alt gewordenen Kriegskindern lag nun ein graues verpöntes Stück ureigener Vergangenheit. Jetzt waren sie dran, jetzt sollten sie erklären, wieso das Leben so war, wie es war. Veränderungswürdig, also schlecht. Diesmal sollte das alles auf den Tisch, ehrlich, alles.

Wer und wie gut war euer Schutzengel? Warum habt ihr Fliegenpilze gefressen?

Es sollte nicht wieder so sein wie damals nach dem Krieg, in der vorigen Vergangenheit, wo man Kartoffeln stoppelte, nicht eine Kartoffel, nicht eine Kornähre blieb auf den Feldern liegen. Ähren lesen und dann schweigen – ununterbrochen schweigen.

Thomas Falkenhain hatte das als junger Mensch anders erlebt, auch Leni meinte, das Gegenteil ist wahr. Wenn die Mütter den Mund aufmachten, hieß es von uns Kindern, jetzt reden die Alten schon wieder vom Krieg, immer wieder Krieg. Wie schwer es gewesen war. Väter gefallen, vermisst oder in Gefangenschaft. Wir Kinder hatten feine Augen und Ohren, wir hatten ein gutes Gedächtnis. Erinnerungen an Bombennächte und an ein Transparent an der Wand im Klassenzimmer. Nie wieder Krieg! Vierzehn Buchstaben aus Buntpapier. Und dahinter ein ganz großes Ausrufungszeichen! Weil das das Wichtigste war. Frieden dem Mann, der Frau und dem Kind und der Kuh und dem Gras auf der Wiese.

Wir Kinder erfuhren in der Schule, wie Kriege entstehen. Durch den Mehrwert und das Privateigentum an Produktionsmitteln und die fortgesetzte Akkumulation des Kapitals. So kam erst eine Krise, und dann kamen Hitler und der Krieg. Aus dieser Erkenntnis musste man unbedingt Lehren ziehen. Dafür wollten die jungen Leute leben. Doch den Frieden gab es nur unter Druck, schließlich Zwang. Zwangsenteignung. Zwangskollektivierung. Zwangsräumung. Zwangszusammenschluss. Verbot. Reiseverbot. Druckverbot. Aufführungsverbot. Und das spaltbare Atom hüben und drüben. Wettrüsten. Um des Friedens willen.

Schon als Schulkind träumte Leni davon, in die neutrale Schweiz auszuwandern. Nach Genf zum Beispiel. Sie hatte den Ort auf dem Atlas gefunden, es war der Geburtsort des Philosophen Rousseau. Kein ideales Gelände, da musste man nur lesen, wie Dostojewski in Briefen über diese Schweizer Stadt gewettert hatte, dunkel, dumm und hässlich sei fast alles dort. Trotzdem, für Leni wohnten in Genf hauptsächlich zuverlässige Leute.

Sonst könnten sie nicht so berühmte Uhren bauen, sogar die Genfer Sonnenuhr zeigte immer die genaue Zeit. Leni schmückte ihre Passion, sie hielt treu zum erwählten Ort. Zum See, zum Schnee und außerdem noch zu einem unbekannten Onkel, dem Bruder des Schwagers der Mutter. Einem angeheirateten Verwandten irgendwie, er wohnte nicht in Genf, sondern in einem Nest in den Bergen.

Von dorther war manchmal ein Brief in Lenis Hände gekommen. Geschrieben mit leichter Hand auf Französisch. Je pense, ich denke an die Heimat, mes chéries. In der Sprache des Schweizer Kantons. Leni lebte in Gedanken als Genferin, etwas Französisch hatte sie bei Frau Mainka gelernt. Le jugement dernier und Notre Père, das Vaterunser. Es war ein Leben, das Leonore für sich allein führte. Manchmal nannte sie den Ausflug zum Französisch-Unterricht meine Marotte oder Schrulle oder auch meinen Spleen.

Sie fuhr gerne zu Frau Mainka, eine halbe Stunde Grammatik, dann Lesen, schließlich Konversation. Man sprach über das Frühstück, über die Straßenbahn, vor allem über die Sachen, die im Wohnzimmer herumstanden. Königin-Luise-Porträts, Porzellan. Preußens Tugenden. Madame Mainka wiederholte Sätze, korrigierte die Aussprache, kam zurück auf Lenis Spleen. Splénétique, Leni sollte das Wort wiederholen, die noble Madame betonte weich, dann sagte sie so unbekümmert wie möglich, Splénétique, diese Vokabel würde man mit dem Wort Weltschmerz trefflich übersetzen.

Es war die Zeit, kurz bevor Leni und Thomas in der Charité untergekommen waren, die liederlich hungrige Zeit der Antiquariate, des Bücherhortens und Jazzplattensammelns. Zum Beispiel Krzysztof Komeda. Von ihm besaßen sie eine LP aus Polen, dazu fast alles auf Band, die Filmmusik, die Komeda für Polanski komponiert hatte. Es war die Zeit, als kein Gras mehr wuchs, weil die Himmelskuppel in tausend Scherben zerbrochen war.

Thomas als Clown auf der Station von Aram Chatschaturjan. Leni war von Chatscha nach einem längeren Gespräch über Seelsorge bald nach Hause geschickt worden. Frauen fänden recht gut alleine Erlösung. Grüßen Sie Madame Mainka, hatte Chatscha gesagt. Eine Sprache lernen, das ist eine ganz ausgezeichnete Medizin. Genau das empfehle ich manchmal meinen Patienten. Polnisch, Russisch, Französisch, ganz egal, Hauptsache noch eine Sprache. Sprachen erlösen. Eines Tages reisen Sie nach Krakau, und wenn es nur noch Grenzen und gar keine Länder mehr gibt, lesen Sie Bücher, oder wir verabreden eine Teestunde und reden Armenisch. Das wäre schön.

Leni hatte sich auf dem Heimweg aus der Charité im Porzellangeschäft Unter den Linden einen Harlekin gekauft, einen Querflötenspieler aus der berühmten Commedia-dell'arte-Gruppe von Kändler. Die Verkäuferin hatte ihr das Qualitätsstück sehr empfohlen: Greifen Sie zu, Meißner Porzellan macht Ihr Ostgeld zu einer harten Währung. Der Harlekin ist ein verdammtes Glück. Wir haben ihn nur, weil in der Versandkiste aus Meißen gleich zwei Querflötenspieler steckten. Der Gast von der Mailänder Scala wollte aber nur einen für sein Honorar, dadurch haben Sie nun den übrigen einen.

Favori de la Fortune.

Wohin mit dem Harlekin? Zuerst hat er zwischen den Büchern gestanden, dann im Schrank, schließlich wieder auf dem Regal oder auf dem Fensterbrett. Er war teuer und deswegen schützenswert, aber nicht nur deswegen, Thomas und Leni duldeten ihn, sie mochten ihn inzwischen, weil er so hilflos eitel, so widerspenstig dienstwillig um die Ecke tanzte. Ein Flegel und Untertan.

Die Behausung der beiden war im Winter schwer warm zu kriegen. Im großen Zimmer pfiff der Wind durch die Fensterritzen, die Heizkörper blieben zur Hälfte eiskalt. Thomas rollte sich in einen vietnamesischen Bettvorleger, darüber zerrte er Kissen und Decken, die Ecke der sogenannten Auslegeware, so blinzelte er wie ein Maulwurf aus einer warmen Burg. Leni hockte im Sessel, Schafwollsocken, Goralenschuhe, Steppdecke bis zum Kinn. Sie guckten bis zum Schluss das *Heitere Beruferaten*, immer auch Bernhard Grzimek mit seinem Begleittier, nach Mitternacht einen Französischkurs. Zwischen *Tagesschau* und Testbild lebten sie in den Ländern ZDF oder ARD. Danach krochen sie aus den Hüllen und waren wieder zu Haus. Durchgefroren und durstig.

Leni ging in die Küche. Thomas in die Badestube, wo ein neuer elektrischer Durchlauferhitzer installiert worden war. Leni setzte Milch auf den Herd. Thomas drehte den heißen Hahn auf. Leni rührte Kakao und die heiße Milch in zwei große Becher. Thomas zog sich schon aus. Er setzte sich schon in die Wanne, damit das dampfende Wasser auf einen höheren Pegel anstieg. Leni brachte die beiden Becher. Thomas nahm die Becher zu sich in die Wanne. Leni stieg zu.

So schön war es nirgends sonst auf der Welt. Heißes Wasser hielt die Wannentemperatur und die Laune, die Lust, über alle möglichen Dinge zu reden. Schandtaten, Betrügereien. Die Einfältigkeit der anderen Leute. Leni stimmte zu, und dann stimmte Thomas zu. Das Wasser war immer noch warm genug. Man glühte von dem Kakao und von der unersetzlichen Übereinkunft. Nach dem Krieg haben wir in der Schule jeden Monat ein Gedicht gelernt. *Füllest wieder Busch und Tal still mit Nebelglanz, lösest endlich auch einmal meine Seele ganz*. Das Gedächtnis, das Andenken. Balladen, sogar die *Glocke* von Schiller. Man dachte daran, dass noch einmal alles ganz anders kommen wird mit dem Weltall. Nur mit uns wird es immer so bleiben. Weil wir uns nicht wiederholen können.

Thomas hatte auf Hiddensee ein Sommerquartier gefunden. Eigensinnig Hiddensee, weil das ein Ort war, der zu seinem Leben gehörte, zu seinem bewegten Leben gehörte Beständigkeit.

Eine Hütte oben auf dem Berg, unweit der Wetterstation, in einer Mulde versteckt vor den Tagestouristen, die über das Nordend zogen. Es regnete jeden Tag. In Gummistiefeln und Regencape trug er jeden Tag einen Brief zum Postkasten am Restaurant Klausner. Grüße an Leni. Jeden zweiten Tag nahm er einen Brief von Leni in der Klausnerküche in Empfang. Er arbeitete an einem Aufsatz über Dürers Holzschnitt *Melencolia I*. Sein Sinnen galt erst einmal dem kleinen Engel.

Arbeitstitel: Die Schiefertafel.

Der pummlige Lockenkopf hockt im Bild genau in der Mitte zwischen allerlei Zeug, Steinen, Leiter, Waage, Stundenglas. Er hat sich auf einem beiseitegestellten Mühlstein niedergelassen. Ein ruhiger Ort. Neben dem Mühlstein schläft eine Kuh.

Eine Kugel, schwer genug, liegt im Ruhepunkt still.

Der Kleine hat schon manches gelernt, er kann laufen, klettern und fliegen, kann zusehen, was das ziemlich verträumte Engelsweib neben ihm macht. Es hält einen Zirkel in der Hand, eigentlich ein Werkzeug zum Schaffen, und so macht es der Kleine auch. Er hält einen Griffel.

So sitzen sie in einem nicht durch Wände, sondern durch Natur, Maß und Ruhe geschützten Raum, ungestört, in einer Linie Schieferstift und Zirkel. Während das Engelsweib gedankenverloren die Augen verdreht und wer weiß was erwägt, legt der Lockenkopf los. Er kritzelt, in seiner Hand liegt die Schöpfung, eine Linie vielleicht.

Das Gute, aber auch Ärgerliche an einer Schiefertafel war, man konnte alles auslöschen, die Fehler und die schöngeschriebenen Buchstabenzeilen. Die besten und die bösen Gedanken. Wisch und weg.

Zu den Pflichtrequisiten gehörte ein Schwamm, dazu ein quadratischer, von der Mutter umnähter Lappen. Der Schwamm hatte sauber und feucht zu sein, der Lappen sauber und trocken. Der Schwamm diente zum Auswischen, der Lappen zum Trockenreiben der Tafel. Beides baumelte an einem Band von der kurzen Seite des hölzernen Tafelrahmens aus dem Schulranzen heraus oder von der Schulbank herunter. Ach, es gab gute und schlechte Lappen, die besten machten die Mütter aus Wolle, aus dem Lumpen eines Pullovers oder, die schönsten, aus einem buntkarierten Stoffrest. Keinesfalls durften die Lappen kunstseiden rosa, fliederfarben, also wie aus Unterzeug, sein. Ach, es gab ja fast keine Lumpen oder Reste. Man hatte seinerzeit Wünsche, doch man musste mit jedem Lappen wenigstens nach außen hin zufrieden sein.

Demütigungen. Lebenslügen.

Ärgerlich, weil sträflich, man konnte zu Hause das Schwammnassmachen vergessen, auf dem Schulweg nirgends eine Pfütze oder eine Pumpe, im Schulhaus nur Plumpsklo, noch heikler, eigentlich immer eine drohende Katastrophe, die Schiefertafel selbst. Der millimeterdünn geschliffene Schiefer im Holzrahmen konnte zerbrechen. Ein dummer Schubs, eine kurze Prügelei, die Tafel hatte einen Sprung oder gleich zwei Sprünge, und die Trümmer fielen aus dem Rahmen. Geklebte Tafeln, lächerliche Trostversuche, ein kurzer Trug, schlimm, weil der Leim überhaupt nichts taugte.

Ein Kapitel für sich der Schieferstift, seine Anfälligkeit, Zerbrechlichkeit, dünn wie ein Strohhalm, splittrig wie Glas. Man musste den Stift je nach Lehrerlaune immer wieder spitzen. Spitzprobe auf der eigenen Haut, ein deutlicher Nadelstich.

Als Spitzgerät gehörte sich ein kleiner gekerbter Balken, x-förmig, aus grobgeriffeltem Porzellan. Spitzer zu verlieren war katastrophal, einfach deswegen, weil man sie niemals wiederfand. Es galt, die Porzellanklötzchen mit den Schieferstiften im Schieferkasten zu hüten, womöglich bis zum Tode oder bis man vor dem Tode ins Tintenalter gekommen war.

Das Tintenalter galt nicht als verlockend, dann vielleicht lieber der Tod. Später hatte eine Schieferstiftfabrik Stifte erfunden, wo die weiche Schiefermine wie beim Bleistift in einer Holzhülle steckte. Der Stift schrieb nun wie Butter und konnte nie mehr zerbrechen.

Präzise Werkzeugtechnik, Schaffenslust, Chaos, aus dem etwas Neues für morgen entsteht.

Neben dem Kleinen mit Stift und Tafel die Hauptperson, der Engel in Frauenkleidern, lauter schwerer Stoff, auch die Flügel auf dem Rücken eine ziemliche Last. Wache, dunkle, unergründliche Augen, ganz eingenommen von Gedankenbildern, frei im Augenblick von all den herumstehenden äußeren Dingen, Buch und Zirkel auf dem Schoß geschlossen. Gefühl der Einsamkeit, des Versagens, der Jugend und der Last der Verantwortung, die einem in einem bestimmten Zeitraum entgegenwächst.

Der linke Arm, die Faust stützt den Kopf, helle Haarsträhnen fließen über die Schulter. Das Gesicht scheint verborgen, buchstäblich versunken, außerdem gnädig von Abend- oder Morgendämmerung geschützt. Es ist, als brauchte der Betrachter Mut, sogar Unverschämtheit, dieses abwesende Wesen zu suchen, es anzusehen. Eine Himmelsgestalt, so nahe, so deutlich in einem irdischen Raum. Wie die Schauspielerin in *Lost in Translation*. Zart und furchtlos. So und nicht anders, niemand anderes. Ein Porträt. Das Porträt der Kirschendiebin.

Zu Füßen vor dem Saum des wallenden Kleides ein Zimmermannshobel. Das Werkzeug des Großvaters. Ganz genau. Großvaters Werkstatt. Zimmerei und Stellmacherei Heinrich Falkenhain. Holzkringel fielen von der Hobelbank, breite oder feine Späne. Ein Raspelgeräusch erfüllte die Werkstatt. Opa Heinrich prüfte die Glätte der Wagendeichsel mit der Hand; wenn er nicht zufrieden war, legte er sich noch einmal ins Zeug. Das Raspelgeräusch sagte viel über die Arbeit, über das Holz und die Laune, manchmal Zuversicht, manchmal Zorn.

Die Heimreise vom Nordend der Insel Hiddensee, über Schaprode, Stralsund, Berlin-Karlshorst, Bergholz, Rehbrücke, Potsdam bis in den Wald von Klein Glienicke, dauerte vom Morgengrauen bis nach Mitternacht. Die *Melencolia*-Papiere hatte Thomas noch auf der Insel geordnet. Der Zimmermannshobel Seite eins bis zehn. Die Werkzeuge und Geräte je ein Kapitel für sich. Die Kirschendiebin folgte hinter einem Flor von Kuhweiden, Maisfeldern, Bahnsteigen. Sie verschwand im Wald, im Wind, im Himmel über dem Haus mit der quietschenden Wetterfahne.

Thomas schnitt mit einer Gartenschere die vielen ungültigen Ausweise in Stücke, auch alte Kreditkarten machte er auf diese Weise kaputt. Er entsorgte den Krempel der Neuzeit im Küchenmüll. Ein Assistent der Commerzbank half ihm, eine Kiste mit Altpapier aus der Welt zu schaffen. Jede Woche wurde hinter dem Bankgebäude eine versiegelte Tonne abgeholt. Unnötige Auszüge, Kundenjahrgänge. Lauter schnell gedrucktes Zeug.

Im schönen Bad Belzig hatte man einen riesigen zentralen Reißwolf installiert, der zerfetzte automatisch Tag und Nacht. Der ließ nichts übrig für die neugierige Nachwelt.

Außerdem hatte Thomas im Garten ein Feuer vorbereitet. Reisig, trockenes Geäst in einer großen dreibeinigen Eisenschale. Er hatte alte Belege von der *Neuen Zürcher Zeitung* verbrannt. Sachen, die man ihm in den Neunzigern überantwortet hatte. Verträge, Dokumente, die in der Neuen Zeit ans Licht kommen durften, Verträge zu Texten, die unter der Abkürzung T. F. gedruckt worden waren. So weit, so gut. Aber wo war das Honorar von einst? Einfach vernascht, an der Steuer vorbei, in Bücher investiert und in einen komplizenhaften Elektriker, der noch in der Mauerzeit vom Keller bis zum Dach Licht im Haus verlegt hatte. Unterputz, Kupferdraht, Qualität aus dem Westen. Auch den neuen Durchlauferhitzer hatte er für Westgeld ergaunert.

Ein mulmiges Gefühl war in letzter Zeit in ihm aufgekommen, denn ein betagter Fußballer, ein in früheren Jahren bewunderter Stürmer, der schnellste und torgefährlichste überhaupt, war wegen Steuersachen beschimpft, sogar zu Knast verurteilt worden. Noch unheimlicher die Erinnerung an den Tag, als bewaffnete schwarzuniformierte Männer in schusssicheren Westen in seine Hütte eingedrungen waren. Die Bewaffneten waren durch das Haus gestiefelt, dann durch den Keller zum Garten, wo ein neues altes Auto aufgebockt stand, dort hatten sie ihn beiseitegeschubst. Der Überfall galt dem Besuch, Freund Witold aus Polen, der sich erboten hatte, die Reifen am Auto zu wechseln. Der letzte Reifen war noch nicht wieder dran, da war Witold vor seinen Augen von zwei Bewaffneten unter dem Auto hervorgeholt und in die Mitte genommen worden. Sein Freund aus Leipziger Tagen. Schwarzarbeit. So was frisst sich fest im Gedächtnis. So hilflos hatte sich Thomas Falkenhain noch nie gefühlt. So was hatte er noch nicht erlebt, niemals, auch in den Alten Zeiten nicht, in Leipzig zum Beispiel. Er hatte wahrscheinlich sein Leben lang Glück gehabt. Und in einem Panzer gewohnt. Unbekannt, unerkannt.

Schuld und Scham, Sorge um Witold, solche Gefühle ereilten ihn, weil er in der Neuen Zeit alle Vorsicht verloren hatte. Er war aus seinem Panzer gekrochen. Dumm. Die Schwarzuniformierten hatten nur auf Hinweis ihre Pflicht getan. Da wohne schon eine Woche ein fremder Pole, der habe eine Wetterfahne, deutlich Eigenbau, auf das Hausdach gesetzt, schraube an einem alten Auto und was nicht alles.

Thomas hätte die Schusssicheren nicht anschreien müssen. Er hatte vor Wut geschnauft, er hatte beinahe zugeschlagen, er hatte seinen alten Leipzig-Kumpan umarmt, bevor der zum Jeep geführt worden war. Im Jeep ging es ab in die Berliner Straße.

Thomas war mit dem Fahrrad hinterhergestrampelt. Das Auto stand ja noch aufgebockt, ein Rad an der Kellertreppe. In der Tasche die Tabletten, die Witold wegen eines Nierenleidens einnehmen musste. Der Diensthabende war sehr korrekt, eigentlich freundlich. Kein Grund zur Aufregung, die Tabletten werden sofort übergeben. Der Zugeführte wird nur noch überprüft. Eine Vorladung bekommen Sie später.

Tatbestand: Anbau einer handgeschmiedeten Wetterfahne und Reifenwechsel an einem dunkelblauen VW.

Sieben Wochen später, das unselige Auto war wieder vom Hof, es war eine überstürzte Anschaffung gewesen, eigentlich schon nicht mehr im Zuge der Zeit und gleich gar keine Herzenssache, erhielt Thomas eine Vorladung zum Ermittlungsverfahren wegen des Verdachts einer Straftat.

Das Gerichtsgebäude war ein Neubau, nicht weit vom Bahnhof. Thomas fühlte sich zwischen Stuhl und Tisch eingeklemmt, beklommen, beschissen, zurückversetzt in eine alte Zeit oder auf die Strafbank in der Schule, eine entwürdigende Situation. Der Untersuchungsbeamte blätterte in einer Mappe. Thomas beobachtete die amtliche Eile, das sinnlose Hin und Her, in einer Mappe konnte oder sollte er sogar eine Fotoserie erkennen. Witold mit rundem fröhlichem Gesicht neben der Wetterfahne auf dem Dach. Fotos, aufgenommen vom greisen Nachbarn? Nein. Niemals. Die Bilder hatte wahrscheinlich eine Drohne geschossen. Ein selbststeuernder Apparat, der auf Wetterfahnen geeicht war. Leiter. Säge. Bohrmaschine. Beweise. Der Beamte sprang auf, er verließ den Raum. Die Mappe lag auf dem Tisch. Thomas spürte, dass er geprüft wurde, in der Wand ein Auge. Thomas Falkenhain zog die knittrige Leinenhose glatt, er glättete auch die Stirn ein bisschen. Nach fünf Minuten oder einer Stunde, wahrscheinlich war es nur ein Augenblick, flog die Tür auf. Der Eilige zeigte ein freundliches Lächeln, schon hatte er wieder auf dem Drehstuhl hinter der Mappe Platz genommen.

Auge in Auge.

Wie viel Geld, welche Werte in Sachen, also Sachwerte, haben Sie für die Wetterfahne und den Reifenwechsel gezahlt?

Der Untersuchungsbeamte drehte den Stuhl hin und her, verneinte hinter dem Tisch deutlich mit dem Sitzfleisch und schüttelte außerdem den Kopf.

Nichts, keine müde Mark. Keine Sachen.

Der Untersuchungsbeamte hielt den Stuhl an, er machte auf dem Papier einen wichtigen Haken. Sie erhalten Bescheid.

Thomas fühlte sich ungehörig überlegen, sein Gegner war ein mäßiger, ein schlechter Schauspieler. Ein Beamter der Neuzeit, keine alte Schule, nichts von früher. Der Nachbar von schräg gegenüber war wohl immer noch der Alte, ein geborener Wächter, jemand, der sich selbst dauernd aus dem Wege gehen musste.

300 Strafeuro hatte Thomas zu zahlen. Es war Recht und Gesetz.

Die Flammen packten zu, das Papier über dem Lockfeuer in der Eisenschale war schwarz geworden und danach wieder weiß, es war zusammengesunken zu einem Nichts. Die Vorladung, das Urteil und der Einzahlungsbeleg fuhren gen Himmel. Thomas richtete sich auf. Er ließ die Asche, die blinzelnde Glut allein.

Er ging zum Haus, durch den Kellereingang, am Pumpenkeller vorbei in den Vorrats- und Kofferkeller. Lenis Behältnisse mit den Winter- oder Sommersachen, die Kiste mit den Schallplatten, die Koffer, die alten Mac-Computer, der Mansfelder Entsafter, das Ungetüm, Thomas musste erst alles beiseiteräumen, die Gänsebratpfanne klemmte in der Ecke, hinter dem Krempel der vergangenen Jahre. Die Gänsebratpfanne wurde hier im Haus als Bratpfanne nicht gebraucht.

Das Verbrennen der Akten war eine gerechte Aktion, eine altersgerechte einfache Reinigung.

Jetzt aber galt es, den Deckel der Gänsebratpfanne zu öffnen.

Zuerst der Geruch. Eigentlich müsste es stinken.

Wenigstens wie Moder. Wie verschimmeltes Brot, aber da irrte Thomas Falkenhain. Fünfzig vergessene Jahre rochen wie frisches Sommerheu, wie in der Sonne getrocknetes Gras.

Es duftete aus der Pfanne. Rosenblätter. Wacholder.

Gebündelte grüne Hefte, marmorierte Mappen. Die Zigarrenkiste mit Fotos aus Pommern. Ein kleiner würfelförmiger Karton, dazwischen lag etwas Blaues. Und dann die vielen sogenannten Tageszettel.

Jetzt gab es zwei Möglichkeiten:

Entweder du gehst gelassen wie mit den vorigen Papieren zur Feuerschale, zur immer noch glimmenden Asche. Du zögerst nicht, du gehst und verbrennst den Haufen trockenen Papiers. In dem Fall bist du erlöst. Von einer Bürde befreit wie der glückliche Hans im Märchen von seinem schweren Klumpen. Oder du trägst den Inhalt der Gänsebratpfanne in die Stube, wirfst ihn auf deinen Acker, so verlierst du viel Zeit und wahrscheinlich viel vom Gleichmut deiner von Leni behüteten Tage.

Du setzt dich ins Gefängnis deiner Vergangenheit. Schaust auf die Fotos, ahnst, dass du nicht davon loskommst, du bist hilfloser Richter deiner alten Verse, der überraschend wunderbaren und der nicht nur damals, sondern auch heute noch grottenschlechten. Eine Sammlung von Unzulänglichkeiten fällt über dich her. Du musst urteilen, du musst dich entscheiden.

Die Papiere lagen in Bündeln. Falkenhain erkannte den Gummi und die Bindfäden. Eine blaue Mappe.

Reinheit und Frische stieg aus der Pfanne.

Die Papierbündel hatten wie in einem Hochmoor überdauert, zwei Kiefernzapfen, es heißt ja, selbst versunkene Menschen behalten unter Luftabschluss das Antlitz des Lebens. Ein Stängel Rittersporn neben dem kleinen Karton sah aus, wie gestern im Inselgarten geklaut. Thomas erkannte seine Tintenschrift. Die Versuchung war groß, er schlug ein grünes Heft auf. Einfältige Gedanken, sentimental und protzig. Reisenotizen. Kommentare und sogar Diskussionsbeiträge, klassisch rechtschaffene Texte in anonymer Art. Bin ich das. Das bin ich. Schöne Sätze. Über die Hochzeit von Arendt (80). Jemand hatte aus dem Westen Hummer zum Fest mitgebracht, nur der Bräutigam wusste, was am Hummer essbar war. Wo das Beste steckte. Zum Fürchten gut die Atmosphäre in der Raumerstraße. Die Gäste. Ein ehrlicher Mensch würde weinen. *Diener zweier Herren*. Piccolo Teatro di Milano im Berliner Ensemble. Große Klasse. Bühnenbild weiße Leinwand, darauf schwarz, holzschnittartig das Interieur. Abends bei der Leonore. Sie hat schon wieder einen neuen alten Schrank. Plätschernder Brunnen? – Ich habe versucht, das Adjektiv aus dem Honigtopf zu fischen, um zu sehen, ob es noch lebt – es scheint ziemlich tot zu sein.

Thomas Falkenhain hatte sich auf eine Kiste gesetzt.

Seine Hand zitterte, die Busfahrkarte, er wusste noch, wie er die Fahrkarte bezahlt hatte, spürte das abgezählte Geld in der Hand, sein Elend und die Gleichgültigkeit des Busfahrers. Er hatte den winzigen Beleg aufgehoben. Ein rotes Ahornblatt aus Vergänglichkeitsgründen. Den blauen Rittersporn.

Jede Menge beschriebenes Papier. Seine Schrift und sein Zorn, er lächelte, die Hilfsaktionen, Leipzigfahrten. Immer Herbst in den Städten, in den Wohnungen und Kirchen. Und wirklich stolze Gedanken. Ganze Kapitel über die Hausbesetzerzeit. Über einen polnischen Dichter. Adam Mickiewicz auf der Reise nach Weimar. Das sollte eine größere Sache werden. Ein Brief, fertig im Umschlag, nicht abgeschickt.

Es war an der Zeit. Er raffte die Hefte, die Papiere aus der Pfanne in einen Tragkorb.

Draußen lichtelte die Asche, Thomas warf Reisig drauf, danach einen Haufen Papier. Auch der würfelförmige Karton aus der Pfanne sollte verbrennen. Er schob die biegsame Pappe ins Feuer. Ein zusammengerolltes, von einem Band gehaltenes Bündel hielt er zurück. Er beobachtete, wie in der Feuerschale die losgelassenen Seiten tanzten. Getippte Blätter zeigten sich ihm schlängelnd, hüpfend, bevor sie schwarz wurden und endlich aschgrau zum Himmel fuhren.

Er hielt das zusammengeschnürte Bündel in der Hand.

Wusste er noch, was ihm damals begegnet war? Er hatte gelitten, also war es Liebe.

Er wäre jetzt froh, wenn Leni käme. Vielleicht brächte sie eine Zeitschrift, eine Nachricht von heute. Vielleicht hatte sie einen Artikel gelesen oder im Radio eine Sendung gehört. Leni war ein Rundfunkmensch. Sie hörte sich Rätsel an, wenn sie die Lösung wusste, griff sie zum Telefon. Leni kannte die Nummer von Radio Drei. Sie gewann Bücher oder schlimmstenfalls Theaterkarten. Dann musste er mit ihr in die Stadt fahren. Wenn Leni ihm jetzt erschiene, würde er das Bündel unter einer Blumenschale verstecken, er würde das Bündel nicht vergessen, würde es später hervorholen, spätabends, wenn er wieder allein wäre und vielleicht gefasster als jetzt gerade. Er lehnte sich an die Kiefer, so fand wenigstens sein Körper einen Halt. Leni würde ihm nichts anmerken, sie würde etwas Gefälliges oder eben Theaterkarten mitbringen oder mit ihm über die pfiffige Frau Samtleben reden. Einig würden sie sein. Die Samtleben war dieser Tage ihr Thema. In der Lebensführung sich selbst realisieren, das ist das Höchste, was der Mensch erreichen kann. Das ist eine Aufgabe für alle und jeden. Leni und Thomas hatten eine große Meisterschaft darin erreicht, aber die allermeisten verpfuschen das. Es wäre gut, wenn Leni käme. Er war sich jedoch nicht gewiss, ob er die Stunde mit Leni meistern würde. Samtleben Leben, überhaupt Leben. Er hielt die Petschaften, die er früher einmal in einer Rolle und in einer Papierhülle gesichert, mit einem hellen Bastband umwunden, im Karton aufbewahrt hatte. Im Karton, der dann fast ein halbes Jahrhundert in der Bratpfanne vergessen werden konnte. Falkenhain wusste nicht, was er tun wollte, wahrscheinlich wollte er ins Haus gehen. Warum ins Haus, dachte er. Es war nicht möglich. Wohin mit der Rolle. Sie sollte verschlossen bleiben. Er fürchtete um den Gleichmut seiner Tage. Er konnte sich kein Bild von ihr machen. In seiner Vorstellung war sie so, wie er sie zum ersten Mal gesehen, vielmehr gehört hatte, zwischen anderen in einer Mitte, allein vor einem Kino, der Klang ihrer Stimme war ziemlich deutlich zu hören. Wie im Schnee, der alle anderen Geräusche filtert. Ihm blieb die schneegefilterte Mädchenstimme, der das Handgreifliche fehlte. Ihr Geruch war verflogen, nirgends wiederzufinden. Vielleicht hing an den Papieren ein Hauch. Vielleicht Einbildung. Es gab keine Worte dafür. Konnte es sein, dass er sein blindes Leid, seine Leidenschaft vergessen hatte? Einmal, in einem verregneten Sommer, war sie ihm während einer Schreibarbeit in einem Kupferstich erschienen. Allerdings als Engel, der sich davonmachen konnte. Die Irritation war Absicht des Kupferstechers. Albrecht Dürer hatte eine Frau mit hohem, einfältig nach innen gerichtetem Blick ins Bild gesetzt, die zusammen mit ihrem Kind in einer brüchig tätigen Welt allein war. In Büchern endete die Liebe mit einer Hochzeit oder mit einem Mord. Oder im Wahnsinn.

Sie hatte ihn erst gesucht, und dann hatte sie ihn verlassen. Zu Anfang hatten sie zusammen in einer Seminargruppe gesessen, in einem Raum, aber auf Abstand. Er hatte sie kaum wahrgenommen. Oder doch? Später hatte er behauptet, er habe immer nur sie gesucht, um ihr nahe zu sein, habe er Abstand gebraucht. Deswegen habe er woanders gesessen und selten in ihre Richtung, sondern immer mit deutlicher Geringschätzung an ihr vorbei geredet, deswegen habe er die anderen zum Lachen gebracht. Es war Selbstbehauptung, sogar Notwehr.

Sie war einem anderen verbunden. Einer Art Albert, wie die Lotte aus Goethes *Werther*, einem braven Mann also. Das Schicksal hatte gewaltig vorgearbeitet. An den Wochenenden fuhr sie zusammen mit dem braven Mann zu ihrem gemeinsamen Kind, das über Wochen von ihrer Mutter oder seinen Eltern betreut wurde. Einmal völlig überraschend ein bunter Rock, Petticoat, einfach ein Mädchen aus der Seminargruppe, das einen himmelblauen Kinderwagen durch einen Sommertag schob. Er konnte nicht vorbeigehen. Er versperrte den Weg und machte einen flachen Scherz. Wie kann ein so zierliches Mädchen so einen dicken zappelnden Mops zur Welt bringen? Später behauptete er, er habe das Sommerbild adoptiert samt den Füßen mit den rotlackierten Zehennägeln in den braunen Sandalen, den Jesuslatschen mit Riemen um die fesselnden Fesseln, samt dem bunten Rock mit den aufgedruckten Scherenschnitten. Schwarze Figuren auf ihrem Rock, ein Ring, ein Reifen, gleichfalls Fessel. So war die Zeit vergangen. Ein Jahr. Er umarmte muntere Studentinnen, die nicht auf den Kopf gefallen waren und auch irgendeinen Lockstoff in sich hatten, sogenannten Charme. Aparte Erscheinungen jedenfalls, von Lenis Qualitäten. Es war ein anderer Sommertag. Er hatte sie, so nannten sie es später, beim Kirschenklauen erwischt.

Wahrscheinlich war sie absichtlich, also wegen der reifen Kirschen, noch vor dem Pförtner ins Seminarhaus gekommen, denn auf dem Nachbargrundstück, durch keinen Zaun geschützt, befand sich ein Kirschbaum, von dem die Kirschen schon in der Woche zuvor ziemlich reif herübergelockt hatten. An dem Tage, zu ebenjener sonnenmilden, sehr frühen Morgenstunde waren sie rot und süß und prall. Sie stand unter dem Baum, gestreckt, wahrscheinlich auf Zehenspitzen, einen Ast herabgezogen, gleichzeitig den schwarzen Pullover gerafft, in dem sie schon Kirschen gehortet hatte, sie schnappte mit den Lippen und pflückte mit der freien Hand.

Jetzt müsste eigentlich ein Schuss knallen. Sie müsste umfallen, er müsste retten oder er umfallen, sie müsste retten. Doch da war kein Jäger, kein Schütze. Da war nur er, der immer noch zögerte. Minuten, die etwas Besonderes waren. Kirchenstille. Wandlung. Wasser wird Wein, wird Blut. Er hatte seine Jacke auf den Weg geworfen. Dann hatte er wieder Kasperle gespielt, war von hinten durch das hohe Kraut angeschlichen und hatte sie erschreckt. Die Kirschen fielen aus dem schwarzen Pullover. Sie drehte sich um, und dann lag sie ihm in den Armen. Ringsherum Brennnesseln. Das war nicht übertrieben. Nichts war übertrieben. Sie war ihm so nahe wie du, du meine Seele, mein Reichtum, mein Gut, was er auch sagte, flüsterte, also in Worte fasste, was er auch tat oder tun würde, sie war in Ewigkeit sein unerreichbares Eigentum.

Ist es nicht langweilig ohne mich, hatte er gefragt.

Kann sein, ja, es ist vielleicht sogar langweilig, aber man kann damit leben. Liebe tötet.

Sie kannten die Theorien. Karl Marx. Sartre. Und die Philosophie des Stattdessen. Lebensdienliche Liebe?

In der Rolle, die er in der Hand hielt, steckten abgerissene Zeitungsränder, darauf Depeschen über Busfahrzeiten, Zettel mit souverän politischen Meinungen, den Vietnamkrieg betreffend. Sie brauchten den Krieg, um dagegen zu protestieren, Gelegenheit, sich zu sehen. Herausgerissene Seiten.

Ein Fragezeichen auf einem Stück Papier genügte. Geheimbotschaften. Von wegen Liebe, du armseliger Mensch.

Die Erde bebte nicht, aber die Nacht war eiskalt. Sie würden sich nie wiedersehen, niemals, das hatte sie ihm bei minus zwölf Grad im Tiefschnee unter einem sagenhaften Sternenhimmel auf einem versteckten Waldweg, weitab vom öffentlichen Nahverkehr, beigebracht. Theatralisch, wie sie manchmal war, weil sie ihm mit bestimmten Übertreibungen gefallen wollte. Diesmal sprach sie böse, er fand sie dumm, wie eine kitschige Brockenhexe, wie eine Romanheldin, Troubadoura, Amanda oder so.

Es ist deine Entscheidung, dein Entschluss.

So ist es.

Damals dachte er, das wird wohl nun die schlimmste Stunde

meines Lebens gewesen sein. Sie war mit Kind und Kindesvater nach dem Westen gegangen.

Sie war also drüben.

In kleinen zuverlässigen Runden wurde über den neuen Fall gesprochen. Im Äußeren, so hörte Thomas, war das meiste wohl erträglich abgelaufen. Die Flucht war über Jugoslawien organisiert worden, mit einem Boot über die Adria. Bis ans Ende der Welt. Es hätte Alaska sein können oder ein Kaff in Mexiko. Aber sie landeten in Westberlin, höchstens eine Tageswanderung vom Fluchtpunkt, dem Waldweg im Forst von Rehbrücke, entfernt. Wenn er mit sich einig sein wollte, dachte er, sie habe sich vor ihm in Sicherheit bringen müssen. Jedenfalls am Anfang suchte er diesen Halt, diesen Anker. Er litt, wenn er sie zur Heiligen machte, er litt, wenn er sie aus seinen Gedanken verbannen wollte. Verräterin.

Die Vertrauten, Leute mit ruhigem Herzen, sprachen sachlich über die Hintergründe der Flucht. Jener, dieser Partner von ihr, an den Thomas Falkenhain immer nur grimmig wie an eine spießige Romanfigur dachte, dieser Mann habe im real existierenden Leben mit einem langen Film über die Saale und Merseburg kurz vor dem Rausschmiss gestanden, nicht nur aus dem Fernsehprogramm, sondern gleich auf Nimmerwiedersehen raus aus dem Land, womöglich ohne seine Frau und sein Kind. In diesen Tagen konnte Thomas manches über den Mann der Exstudentin hören. Einige kannten ihn gut. Im Kino sei einmal nur für die Studenten des Seminars sein Film über den Aral-See gelaufen. Thomas war damals nicht hingegangen, er hatte sich singende Folklorefrauen vorgestellt, Jurten und Musik von gezupften Saiteninstrumenten. Jetzt hörte er, es sei ein Film über einen sterbenden See gewesen, mit rührend komischen Rettungsversuchen, einfühlsam, eigensinnig. Und nun ein Film über einen sterbenden Fluss.

Der erste verdammte Plan ging so: Der Regisseur sollte mit

seinem Film pünktlich nach Mannheim zur Filmwoche reisen, hinterher aber: Klappe zu und bleib, wo du bist. Damit sei man den Helden mit seiner Nörgelei, seinem kindischen Umweltlamento los. *Dolorosa M und S*, wenn er seinem Machwerk wenigstens einen besseren Titel gegeben hätte.

Thomas machte sich in tiefer Not ein paar Wunschbilder zurecht.

Den wurzellosen Filmemachwerker entfernen, durch höhere Mächte, durch Schicksals Spiel.

Den armen lästigen Albert. Er müsste ja nicht einmal sterben. Nur ruck, zuck ausbürgern müsste man ihn.

Das Leben ist ein Rangierbahnhof. Das Gewissen eine Mühle.

Die Weichen waren anders gestellt worden. Um möglichen Aufruhr, anschließende Probleme mit der Familie, der Frau des Regisseurs, dieser Studentin mit Kind, zu vermeiden, wurde der Familie das Abhauen nahegelegt. Schwarz, fast legal, irgendwie zwischen den Stühlen. Über Montenegro, von einem Ort ziemlich dicht an der Grenze zu Albanien, mit dem Schiff nach Italia.

So die Gerüchte.

Die Gerüchte mochten lanciert sein. Thomas hing in sehnsüchtigen Augenblicken der bittersüßen Variante nach. Albert drüben. Mutter und Kind in seinen Armen. Das wäre der Himmel. An der wirklichen Wahrheit war ihm nur wichtig, wie sie hatte weiterleben können ohne ihn.

Der Dokumentarist machte in der Zeit nach dem Wechsel von einem Berlin ins andere Berlin im Westrundfunk und im Fernsehen von sich reden. Thomas hörte sich die Sendungen an, höhnisch, mit knirschenden Zähnen, er saß bis zum Ende vor dem Apparat, um den Westen mit seinem Mittelmaß zu verachten, süchtig, um ihr auf der Spur zu bleiben, er suchte Zeichen, lauschte, deutete, schnüffelte, als könnte er hinter den Nachrichten vielleicht ihren Geruch wiederfinden, an verschiedenen

Orten, unter fremden Leuten. Die Kirschendiebin schusselte mit einem Aktivisten, der politische Reportagen machte, in der Welt des Kapitals herum. So war das. Thomas fand nur traurige oder wütende Kommentare. Karriere. Modekram. Kleinbürgerliche Revolten. Der Mensch ist nicht seine Leistung, sondern das, was ihm widerfährt.

Wenn Kinder in seiner Nähe waren, wenn er ihre Freuden und Missgeschicke beobachtete, geriet er manchmal in eine weich schlingernde Zeitspirale, er suchte seine Jahre, suchte rings um das Weltgeschehen, wie alt der kleine Mops im Kinderwagen jetzt sein mochte.

Ein Schulkind. Ein Junge im Stimmbruch. Ein Seefahrer. Selbst schon Vater. Wenn er Kinder gegen Machtsprüche schützen konnte, fühlte er sich fast am richtigen Platze. Als sei er immer noch der alte Schelm. So ein Schwerter-zu-Pflugscharen-Schmied. Ein Mensch von damals.

Frühsommer. Kirschen und die eisige Nacht. Träume von Wanderungen oder gemeinsamen Fahrten. Im Schlafwagen, Tag und Nacht. Sie war erschienen, um zu verschwinden.

Ein halbes Jahr nachdem seine Kommilitonin abgehauen war, wurde Thomas Falkenhain exmatrikuliert. Vielleicht hatte er es darauf angelegt. Auf einen neuen Knick im Lebenslauf. Er war weder zu Lehrveranstaltungen noch zu Prüfungsterminen erschienen. Der Prorektor, der auch Leiter der Fachrichtung war, hatte zu einem Gespräch eingeladen. Lieber Thomas, wir werden Sie vermissen! Der freundliche ältere Herr verbrachte mit dem Exstudenten eine reichliche Stunde, nicht auf Stühlen, sondern in zwei Sesseln, gleichsam auf der menschlichen Ebene.

Sie wissen, dass wir große Hoffnungen in Sie gesetzt hatten. Sie sind Marxist, doch damit können Sie in dieser geteilten Welt nichts anfangen. Das habe auch ich erst Jahrzehnte nach dem Krieg begriffen. Für Marxisten darf es keine Grenzen geben, es muss überall Frieden herrschen, und der Mensch muss außerdem ein Engel sein.

Aber das Kapital, die Bedürfnisse der Menschen, die keine Engel sind? Und was ist mit Gevatter Tod?

Der Prorektor umarmte seinen ehemaligen Studenten.

Thomas ging ohne Groll und ohne Schlusspapiere, Geld besaß er, ein paar Hunderter, vielleicht sogar einen Tausender, eine Hinterlassenschaft seiner Mutter. Die Trümmerfrau hatte zwei Passionen, ihren Sohn und neue Zehnmarkscheine. Sie hatte nach der Währungsreform angefangen zu sammeln. Schein auf Schein. Thomas hatte die Briefumschläge mit jeweils zehn Zehnerscheinen, dazu einen größeren Umschlag mit dem Geld, das seine Mutter als Aktivistin bekommen hatte, unter dem Schuhputzzeug gefunden. Ein Schatz eigentlich, doch wozu. Er hatte sich vorgenommen, langsam zu leben, zu Fuß, mit wenig Geld. Manchmal arbeitete er als Lagerarbeiter in einer Stuhlfabrik, schon als Schüler hatte er von der *Anglerpost* unter dem Pseudonym »Spiegelkarpfen« Honorare kassiert. Nach der Umarmung und den guten Worten des Prorektors hatte er auf dem Hof Gisela getroffen, er war mit ihr zusammen ein letztes Mal in die Mensa mit dem guten Betriebsessen von RFT getrottet.

Wenn du was von ihr hören solltest. So hatte Thomas in seine Suppenschüssel gemurmelt.

Gleichfalls, wenn du was hörst, und überhaupt, melde dich mal, wir könnten zusammen irgendwo hinfahren. Ich habe in Leipzig ein gutes Quartier. Leipzig wäre gut, hatte Thomas auf Giselas Vorschlag und ihr Geständnis geantwortet, denn es war ein Geständnis, ihm war nun klar, dass Gisela seine Lage kannte, sein Leben, seine Wege gestern bis heute, diesen Gisela-Blick, diesen Ich-weiß-Bescheid-Blick, hatte er in jüngst vergangenen heiligen Zeiten richtig gedeutet. Er hatte, als überall noch blauer Himmel war, seiner Kirschendiebin im Vorbeigehen einen Gruß auf den Seminarplatz gelegt. Es war ein Bilderbuch, er hatte es für Mops den Mäusekönig gemacht. Buntbemalte Bierdeckel, mit Schnur zusammengeheftet. – Staunen und Erkennen, das zeigte Giselas Gesicht. Hier kochte eine Affäre. Gisela war ein Kumpel. Sie redete nicht darüber. Das Schicksal hatte zugeschlagen, so und dann so. Sie war Mitwisserin. Vielleicht Nutznießerin. Man fuhr gemeinsam zum Bachfest nach Leipzig. Man übernachtete bei Giselas Oma.

Gisela konnte Omas Stubensofa genießen, Thomas war die Unruhe peinlich. Die alte Dame nebenan, die vielleicht grade Durst hatte oder einen Herzanfall.

Besser war es, einfach mit Gisela in Auerbachs Keller und in der Thomaskirche zu sein. Als ungläubiger Thomas in der Thomaskirche. Das tröstete. Leipzig war ein guter Ort, hier begegnete man der Mauer nicht, man knallte zwar auch in Berlin nicht jeden Tag dagegen, aber der Beton schuf ein lästiges chronisches Unbehagen.

In Leipzig konnte man wie unter guter Narkose ein anderer Mensch sein. In einer geräumigen Villa, deren frühere Bewohner kurzfristig ausreisen mussten oder durften. Die Wohnung stand immer noch leer. Hier versammelte sich ein Kreis verträglicher Leute, Musiker, Handwerker, Exstudenten. Die meisten kamen per Anhalter. Aus Dresden, Weimar, Rostock, Berlin, auch aus Westberlin. Zwei Polen, die Fausthandschuhe aus Schaffell mitbrachten.

Adresse Blochmannstraße. Thomas ließ sich gerne mitnehmen. Er war gern dabei, neugierig, unauffällig, wenn alle lachten, lachte er freundlich mit. Man versammelte sich in einem stattlichen Wohnzimmer, wo zusätzlich eine Doppeltür geöffnet werden konnte. Dort befand sich ein Klavier, es hatte mit geschlossenem Deckel lange herumgestanden, über Monate, aber eines Tages kam ein Sturm auf. Einer hatte den verstimmten Kasten aufgemacht. Er spielte eine Stunde, drosch in die Tasten, als wäre er verrückt geworden, aber er war ganz bei sich, er hatte nur einen Verlust zu überleben. Er übertönte alles, Zuspruch und Widerworte. Am Ende kein störender Applaus. Dafür Streit. Kontrahenten suchten nach Argumenten. Es waren auch einige direkt von der Jungen Gemeinde dabei. Echte Wehrdienstverweigerer. Sartre: Die Gegenwart ist schon im Keller. Vergangenheit und Zukunft sind so gut wie Rauch. Der Wille zum Glück ist der Wille zur Lebenslüge.

Bis einer sagte: Ist doch sowieso alles Käse. Wieder Stille.

Da hatte Thomas überraschend das Wort genommen. Wenn es so still ist wie jetzt, hatte er gesagt, dann wird bestimmt grade irgendwo ein Polizist geboren.

Ein Mann, etwas verdeckt zwischen Küche und Flur, rief, gegen Thomas gerichtet: Was machst denn du überhaupt sonst so, wenn du nicht spitzelst?

Das stattlich hohe Wohnzimmer mit der Doppeltür war plötzlich ein schalltoter, luftleerer Raum geworden wie diese Magdeburger Guericke-Kugel, wo zehn Pferde nichts mehr ausrichten können, eine Kammer zum Ersticken. Und grade in dieser Kammer konnte man glockenklar eine Mädchenstimme hören. Du Schwein, so was muss man sich erst einmal vorstellen, das sind vielleicht Methoden, beschuldigst fremde Leute, um selber jedes Mal einen Bericht über die Blochmannstraße abzuliefern. Die Mädchenstimme rief zum Schluss: Lass dich nie wieder hier blicken. Es war Leonores Stimme. Es war Leni.

Jemand sagte: Mensch, Leni, woher kennst 'n den Typen? Damit kam die alte Stimmung wieder auf, und der Typ war verschwunden.

So hatte Thomas den Polen Witold und vor allen Dingen Leonore kennengelernt. Sie arbeitete damals schon beim Fernsehen in Berlin-Adlershof. Kinderredaktion. Abteilung Abendgruß.

Sie kam fast immer zum Treff in die Blochmannstraße. Manchmal in engem Kostüm, manchmal rothaarig, unerschrocken, schick.

Thomas hatte Kinderreime vorgelesen, in betont holprigen Knittelversen, Leni verstand seine Clownerien. Sie konnte aus vollem Hals lachen. Sie saßen nebeneinander, als der alte Erich aus der Berliner Raumerstraße ein Gedicht vortrug:

Und es klagt die dunkle Stimme
Über dem Meer.
Schwester stürmischer Schwermut,
Sieh, ein ängstlicher Kahn versinkt
Unter Sternen,
Dem schweigenden Antlitz der Nacht.

Thomas berührte ihr Armband. Gold?

Leni sah ihm in die Augen. Schön wärs.

Gisela hatte von einem Westberliner eine Zeitschrift geschenkt bekommen. Den *Stern*, eine ziemlich aktuelle Ausgabe.

Thomas, du wirst staunen, sagte Gisela. Sie sagte noch, dass sie den *Stern* unbedingt wiederhaben möchte, sie zwinkerte ihm zu. Drei Seiten Rezepte, Weihnachtsplätzchen. Und eine Überraschung!

Die Kirschendiebin trug auf dem Zeitschriftenfoto eine Lesebrille, sie hielt ein aufgeschlagenes Buch und schaute mit gerunzelter Stirn über Brille und Buch in ein Publikum. Er sah die Hände, die Finger in einer irritierenden Perspektive, als würde die Gestalt mit dem Gesicht umkippen, samt Stuhl aus dem Bild heraus, er spürte ihren Schweiß auf der Stirn, auf seiner Stirn, er hörte ein Säuseln. Lispeln, Raunen.

Das Buch hieß *Der Wald*, unter dem Foto stand eine kurze freundliche Anmerkung, gelobt wurde das Debüt der Frau aus einem kleinen Dorf im Osten, die jetzt mit Familie in Berlin ansässig sei. Gelobt wurde die gelungene Mixtur aus fiktiver Erzählung mit populärwissenschaftlichen Betrachtungen, hervorgehoben wurde der poetische Stil. Man habe es seit langer Zeit wieder einmal mit einer ernstzunehmenden Kulturgeschichte des Waldes zu tun. Vielleicht sogar einer mit besonderem weiblichem Blick.

Vor lauter Unglück scherzte Thomas erst mit Gisela dann mit Leni, er brachte beide gegeneinander auf und versöhnte sie wieder. Er war stolz, ihm war elend zumute. Elend stolz. Er trank nicht nur Bier, sondern auch Nordhäuser Klaren. Ihm war, als habe er die Kirschendiebin verlassen und nicht umgekehrt. Ihm war, als hätte er sie allein loswandern lassen mit ihrer Schreibmaschine, mit Papier und dem schweren Anfang, mit der großen Idee vom Wald. War es nicht eigentlich seine Idee gewesen?

Er schrieb einen Brief. Der Brief sollte sie nicht über den Postweg erreichen, sondern über Giselas Zeitschriftenspender aus dem Westen und über den Verlag, bei dem das Waldbuch erschienen war.

Es sollte unbedingt ein Liebesbrief werden.

Der letzte, in dem er ihr sagte, dass sie die einzige und wahre große Liebe sei für immer und natürlich für ewig. Und dass sie nun leider nur noch von lauter Idioten umgeben sei. Rechts und links unaufgeklärte Wichtigtuer. Er schrieb: Ich glotze jetzt grade männlich auf einen Apfel, werde ihn gleich männlich fressen.

Darauf fuhr er fort, sie auszulöschen, die Studentenzeit und diese Frau mit Kind und Ehemann, sie, die ohne ihn so verflucht vernehmbar, so schamlos sichtbar geworden war. Vierhundertunddreiundfünfzig Seiten. Er las das Buch nicht. Er besaß es von Gisela, als Leihgabe oder als Geschenk. Er hatte es von Gisela ohne Dank angenommen, als er mit ihr, der Not gehorchend, noch einmal bei der Leipziger Großmutter eingekehrt war. Er hatte es gleich aus der Welt geschafft, in der Kiste mit den Hockeyschlittschuhen. Das Buch über den Wald.

Er hatte den dornigen Brief nicht weitergegeben. Er klemmte zwischen anderen Papieren, die er weggesteckt hatte, vielleicht versteckt vor fremden Augen und vor allem vor seiner Seele. Wie das Bündel, die Zettel der Kirschendiebin aus der Studentenzeit, solche Sachen waren in der Gänsebratpfanne über die Jahre mit ihm gezogen wie in einer Capsula interna, von einem Keller zum anderen, auch die Hockeyschlittschuhe waren gewandert. Er war seit Jahrzehnten nicht mehr Schlittschuh gelaufen. In Lenis und seiner Küche wurde Weihnachten nie eine Gans gebraten, die Pfanne stammte von seiner Mutter.

In dem schweren eisernen Behältnis waren auf der Flucht die Taschenuhr des Vaters, ein Fotoalbum und gesponnene Wolle von Großvaters Schafen gerettet worden. Eigentlich gehörte die Pfanne auf ein Podest zur Erinnerung an seine Mutter, zum Andenken an ein böses Kapitel deutscher Geschichte. Er mit seiner Mutter im Treck von Elbing nach Trebbin in Brandenburg. Eine Kiste mit Rädern von seinem Kinderwagen, unten drin die Gänsebratpfanne, das eiserne Utensil, schwer, unförmig, ein Klotz. Aus der Kiste war bis Trebbin alles verschwunden, gestohlen, verloren, den Klotz unten in der Kiste aber hatten seine Mutter und er beschützen können. Die Gänsebratpfanne. Wolle für künftige Schafwollsocken, einen Schafwollpullover. Flüchtlingskindheit in Trebbin und Berlin. Ohne Vater, aber mit einer Taschenuhr. Seiner Uhr. Das ist deines Vaters Uhr.

Am besten vergisst, wer durch Erinnern vergisst?

Papier in der Pfanne, ein Brief, eine Rolle mit beschriebenen Blättern, dazwischen eine herausgerissene Seite aus dem *Stern*, ihr Foto, die Vorleserin mit Brille, abgelegt und vergessen, ein Leben zwischen Himmel und Erde. Beton ringsherum, der Augenblick, die Stunde, die Tage, vergessen. Schmerz und Herzrasen, Seligkeit, vergessen.

Die Augen, vielleicht. Vielleicht der kühle Mund. Der Geruch, wie ein Baum, wie Baumrinde, wie ein Kirschbaum vielleicht. Harztränen im Haar.

Es weiß sowieso niemand, was Liebe ist.

Er hat es vielleicht einmal gewusst. Zwischen Sommer und Sommer, mindestens einen Jahreslauf und danach noch einen

Winter, im Wald hinter Rehbrücke, der Wald hatte ihnen gehört. Niemand störte, nur die Zeit. Die verfluchte Zeit, um die Zeit auszudehnen, liefen sie schnell, oft quer durch den Hochwald über einen Kahlschlag, über die Hügel. Sie kannte das Gelände, sie konnte sich gut orientieren, an Geräuschen, Autos oder Schweinemastanlagen, dem Gebrüll während der Futterzeiten, und am Licht. Wenn man das nun noch gelernt hätte, schneller zu sein als ein Sonnenstrahl. Sie kamen auf anderem Weg zurück zu dem Weg, der zur Straße führte, wo sie den Bus erreichen musste.

Sie war nach den kostbaren Stunden immer noch bei ihm, er erinnerte sich an ihren Herzschlag, er sah, wie die Ader am Hals pulsierte. Sie warteten an der Haltestelle, sie spielte Ruhe und Artigkeit. Er umarmte ein armes aufgescheuchtes Reh. Er hatte sich immer schuldig gefühlt. Weil er ein Mann war. Ein großer, starker Mann und schon deswegen immer unterlegen. Besonders ihrer zierlichen Existenz nicht gewachsen.

Sie stieg in den Bus, er blieb zurück, weil es so ausgemacht war. Gehalten, dressiert. So kam er sich vor, ein braves Windspiel. Er war ziemlich wütend, auf sich und gegen dieses Reh, gegen Kompromisse. Er wollte ihr nie mehr begegnen. Diese Lügen, das Versteckspiel. Sie war eine schreckliche Person, die Vorstellung, dass sie ein kränkelndes kleines Kind auf dem Sofa einer Freundin zurückgelassen hatte, entsetzte ihn.

Er fuhr traurig mit dem nächsten Bus in seine Bude. Er schrieb in Gedanken an einem Brief. Viele Gedankenbriefe. Über die Nachtstunden erkannte er sein Schicksal, er fand, wie elend ihm war, wie zornig er sein musste, weil sie ihm begegnet war.

Er sah sie am nächsten Tag in einer Vorlesung, Ernst Engelberg dozierte über Bismarck. Der Saal war voll, alle Plätze längst besetzt. Sie quetschte sich auf ein Fensterbrett. Er drängelte, er kämpfte um einen Platz auf dem Fußboden unter dem Fenster. Er berührte mit der rechten Schulter ihr linkes Hosenbein, er legte das Ohr an ihr Knie. Er spürte die Knochen, die Muskeln, alles unter dem Stoff, die Haut, den Schenkel und wieder das Knie mit der Kindernarbe in der Kniekehle, der Wunde eines Bombensplitters, der seit dem Krieg mit ihr verwachsen war, die er geküsst und mit dem übrigen Körper, der dazugehörte, vergöttert hatte. Er spürte, wie sie ihm einen Zettel in den Kragen schob. Sehr geehrter Herr Falkenhain, Ihre Jägerprüfung findet schon morgen statt. Wieder dort. Wo der Übungsplatz ist. Ach, Herr Falkenhain, Er ist schon sehr gut im Fangen.

Hochachtungsvoll in Erwartung und immer Ihre Knechtin.

Die Buche sei ein Zwiesel, sogar ein zweifacher, das hatte sie ihn gelehrt, sie hatte ihm manches beigebracht über den Wald, die Bäume, die Pilze. Kulturgeschichtliches über Fliegenpilze. Einmal hatte er das Russenhemd ausziehen müssen, weil sie die Pilze mitnehmen wollte, die sie gefunden hatte. Sogar als er sie ganz bei sich hatte, beim Vögeln, hatte sie hinterher gesagt: Stopp mal, ich habe da, glaube ich, zwei Steinpilze gesehen.

Wann?

Jetzt.

Wo?

Dort drüben unter der Birke.

Dort drüben?

Ja, weil ich Pilzaugen habe. Da kann man nichts dafür. Pilzaugen sind Schicksal.

Sie war sein Schicksal. Es war Abend und Nacht geworden. Er hatte die versprochene Jagdprüfung nicht ablegen können. Die Prüferin war nicht gekommen. Er hatte sich, um das Schicksal zu entschuldigen, notwendige, unabwendbare Sachen ausgedacht.

Er musste in diesem Lande an kein Erdbeben denken, auch Überschwemmungen waren selten, dazu war Hochwasser an Jahreszeiten gebunden. Es gab andere Katastrophen, sie konnten tödlich enden oder im Knast. Daran dachte man nicht immer, aber doch sehr oft. Es gab eine andere herzzerreißende Möglichkeit, die hieß: Sie sind drüben. An diesen Tagen bloß ein Gedanke.

Er war noch einmal, als er die letzte Möglichkeit als Tatbestand endlich aufgenommen hatte, zu dieser Zwieselbuche gefahren. Bahnhof Rehbrücke, dann weiter in die Ravensberge. Wohl um sich gehörig weh zu tun. Die Kirschendiebin, die Waldfee, lebte also fortan samt Familie drüben. Nicht mehr im russischen, sondern im amerikanischen Berlin. Am Rande in einem Nest namens Stolpe.

Er war lange nicht mehr unter versammelten Bäumen, also durch einen Wald, gewandert, lange nicht mehr durch Gebüsch oder hohes Farnkraut, er war nicht mehr gebückt durch eine Schonung gekrochen, er war immer nur auf festen Wegen gegangen, auf breiten Wegen, rechts und links hochgewachsenes Grün, Laub- oder Nadelgrün, oder zu beiden Seiten des Weges kupferglänzende Säulen, Bäume in Spiegelmänteln, Kiefern im Abendlicht. Vor allen Dingen war er auf den Wegen langsam gegangen, nicht mehr in einem solchen Tempo, so einem Affenzahn wie damals, in der Hoffnung, durch eine lange Wegstrecke die Zeit zu dehnen. Ihre kostbare Zeit. Sie wollten schneller sein als das Licht.

Er spazierte und setzte sich auf Bänke.

Freundin Gisela aus Studentenzeiten hatte ihm einst das Waldbuch der Kirschendiebin unters Kopfkissen gelegt oder in die Hand gegeben. Er hatte es nicht gelesen. Er hatte das Buch in die Schlittschuhkiste und die herausgerissene Seite, ihr Foto, aus dem *Stern* in die Gänsebratpfanne verbannt. In die Herzensgruft. Küsse, Ihre Knechtin. Liebe, gewiss und gewiss noch andere Heilsversprechen. Vergessen. Am heftigsten mühte er sich, jene eisige Nacht aus dem Gedächtnis zu jagen, wo sie ihm das

Abschiednehmen beigebracht hatte. Er wollte nicht mehr der gewesen sein, der er damals war. Ein Ankläger, ein Rechthaber, ein Erpresser. Unter außergewöhnlichen Umständen gewiss eine doppelte Schuld. Konnte die Zeit Gnade gewähren? Konnte er sich selbst Absolution erteilen? Es heißt, die meisten Verbrechen werden aus Liebe begangen. Mindestens in Gedanken. Eine junge Frau, gefesselt im Wald, erfroren.

Als es gängige Mode geworden war, Einsicht in die Hinterlassenschaften der sogenannten Sicherheitsorgane zu nehmen, hatte endlich auch Thomas einen Termin erwirkt.

Nur Mut, alter Schelm. Das war Leni.

Sie hatte sich längst verarzten lassen. Es sei gruslig, auch schmerzhaft, aber auch zum Lachen. Und, du brauchst Zeit. Akte Leipzig allein habe einen Vormittag weggefressen. Erinnerst du dich an den Notenständer, der mal hier, mal dort in unserer Mitte gestanden hat? In dem geselligen Gegenstand steckte eine superfeine drahtlose Wanze.

Leni hatte Kopien machen lassen. Zehn DIN-A4-Seiten. Protokolle vom übernächsten Nachbarn und zur Erinnerung an Leipzig. Wir beide waren der Konspirative Vorgang Fortune. Du hattest sogar noch einen eigenen Namen. Solist, das war dein Name für die Zeit vor Unserer Zeit.

Jetzt war es so weit, Thomas Falkenhain hatte einen Termin, doch weder Laune noch Muße. Er wollte am nächsten Tag mit Leni nach Hiddensee fahren. Es war ein irre heißer Sommertag, so richtig, um sich auf die Insel und ans Meer zu wünschen.

Die Behörde hatte in einem früheren Forstamt Unterkommen gefunden. So stand die ehrenamtliche Mitarbeiterin zum Empfang unter einem gewaltigen denkmalgeschützten Hirschgeweih, sie wartete an der grünen Pforte auf Thomas Falkenhain, mit ernster Miene: Sie werden tief in die Vergangenheit fallen. Ich bete für Sie.

Thomas lächelte schräg, die fromme Frau, das riesige Hirschgeweih, der spitze gefährliche Schutz, er ließ sich führen, treppan, durch den Flur.

Sie sei vereidigt, erklärte seine Begleitung, sie habe das ganze Material, seinen Vorgang Solist, so gut wie möglich zeitlich sortiert, dabei, wie es das Gesetz wolle, Namen geschwärzt. Man könne die Namen a bissele schräg gegen das Licht trotzdem lesen: wenn man will. Sein Vorgang, also die Akte, habe schon in Säcken gesteckt, jede Menge aus Ordnern herausgerissene zerknitterte Blätter, manchmal konnte man am Papier und an der Schrift erkennen, was zusammengehörte. Sie dürfe nichts über ihre Arbeit verlauten lassen, sie dürfe ihm nicht sagen, dass sie Tränen vergossen habe beim Lesen, nichts erzählen, aber beten, das dürfe sie.

Thomas war versucht, die Mitarbeiterin zu trösten. Ich bin ein alter Mann, ich habe Mumm, aber ganz wenig Zeit.

Es war ein Raum mit abgeschirmten Arbeitstischen, Stühlen wie in einer Bibliothek. Vorn eine Aufsichtsperson, die darauf achtete, dass man ehrlich mit den Archivpapieren umging, nichts klaute, nichts vor Wut zerriss oder auffraß, die außerdem für Ruhe zu sorgen hatte. Drei Männer, fünf Frauen raschelten mit Papier, husteten, einer pochte nervös mit dem Bleistift. Thomas putzte erst einmal seine neue Brille, dazu pfiff er wie ein kauziger Vogel, der es immer noch nicht gelernt hatte. Falsche Töne. Dann saß er mit geputzter Brille und aufgekrempelten Ärmeln wie vor einem Trog. Futter, Papiere, sonst was, operativer Vorgang Solist. Die bewährte Clownerie versagte vor der unheimlichen Stille. Er presste die Hände gegen die Ohren. Er prüfte. Irgendetwas musste er prüfen. Die Ohren, die Augen, das Gewissen der anderen oder sein Gewissen oder seinen Verstand. Briefumschläge lagen vor ihm, sein Name und die Adresse in blauer Tintenschrift.

Briefe der Kirschendiebin. Gelocht und abgeheftet, später aus dem Hefter gerissen, zerknüllt, später geglättet. Die teilnahmsvolle Mitarbeiterin hatte die Mappe mit den Briefen wahrscheinlich besonders gehütet. Das Papier lag vor ihm. Thomas faltete die Hände. Drei oder vier Jahrzehnte, das Alter macht großzügig, denn Thomas rechnete nicht in einzelnen Jahren, er konnte nicht rechnen und auch nicht lesen, er wollte nicht erfahren, was er vielleicht nicht mehr erfahren sollte nach so langer Zeit. Vor einer Ewigkeit für den Studenten, genauer für den Exstudenten, den Vagabunden und Lagerarbeiter in der Stuhlfabrik, geschrieben. An den Geliebten. Auf der Briefmarke die weiße Friedenstaube von Picasso. Er schob einen Briefumschlag unter sein Hemd, klemmte das Papier in den Hosenbund. Die Aufsichtsfrau hatte feine Ohren. Sie blickte mild, dabei spitz auf seine Finger und auf die durcheinanderliegenden Papiere. Er machte aus den Gebetshänden eine Brücke, darauf baute er sein Kinn. Sein rechter Ellenbogen schob das beschriebene Papier auf der Tischplatte genau in die Mitte, wie unter ein Mikroskop mit Linse und Okular. Das Objekt unter dem scharfen Auge. Tief würde es blicken.

Man muss bedenken, es war der heißeste Tag, seit die Meteorologen das Wetter aufzeichneten, seit fast 300 Jahren hatte hier in der Gegend niemand so geschwitzt. Alle im Leseraum stöhnten. Manche hatten Getränke mitgebracht. Wasserflaschen. Thermoskannen. Thomas nicht. Es war eigentlich verboten. Trinken, Essen und Dokumente Entnehmen.

Thomas wischte sich mit dem Hemdsärmel den Schweiß von der Stirn. Er verspürte keine Schwäche, nur ein wenig Mitleid, er war sich sicher, dass man die Erde würde nicht retten können, weil das Universum auf Veränderung hin eingerichtet worden war. Der Mensch hatte sich gleichfalls geändert, er konnte aufrecht gehen, hundert Jahre alt werden und in komplizierten hochentwickelten Gesellschaftssystemen leben. Hier war grade einmal jeder vor seinen Papieren allein. Thomas zog mit dem Ellenbogen Seite eins über zwei über drei. Sieben Blätter. Die

Briefe in einer Reihe, sie bedeckten den Tisch, dagegen konnte die Aufsichtsfrau nichts einwenden. Die Briefumschläge rechts untereinander. Heutzutage könnte man allerlei DNA aufspüren, denn gewiss hatte die Schreiberin ihre Briefumschläge mit Spucke zugeklebt. Ihre Zunge. Die ehrenamtliche Mitarbeiterin, Leserin der Briefe, hatte ihm gestanden, sie habe geheult. Tränen, vielleicht eine Wimper, Hautpartikel, jedenfalls viel DNA. DNA der Erstleser. Oder haben die Erstleser, die einst die Briefe entfaltet haben, weiße Zwirnhandschuhe während der Arbeit getragen? Eine Schutzkleidung wie sorgsame Archivare oder Schnittmeisterinnen im Schneideraum?

Um die Briefe nicht zu besudeln.

Thomas hielt die Hände gefaltet. Filmstreifen konnte man früher rückwärtslaufen lassen. Das Essen flog aus dem Mund, das Brot setzte sich wieder zusammen. Kugeln zischten in die Flinten, Tote standen auf.

Tinte floss zurück in den Füllfederhalter oder kleckste ins Tintenfass, das Liebesbekenntnis versteckte sich wieder dort, wo es als Geheimnis sicher war.

Einmal konnte man in der Stille ein Kichern hören. Lachen ist gesund, flüsterte jemand.

Einer stöhnte: Kann nicht mal einer das Fenster aufmachen?

Doch nicht bei der Hitze.

Es war ja nur mal ein Vorschlag.

Kein guter.

Einer riss ein Seitenfenster auf. Entschuldigung, ich ersticke, ich halt es nicht mehr aus.

Kurz darauf meldete der Schließdienst: Wir machen jetzt zu.

Die Aufsichtsfrau rief in den Aufbruch hinein: Lassen Sie einfach alles auf Ihren Arbeitsplätzen liegen. Wir sichern die Mappen. Morgen ab zehn Uhr können Sie weiterlesen.

Thomas faltete die Briefe, er steckte jedes Blatt in einen Umschlag, den Umschlag aus dem Hosenbund zog er hervor für den siebenten Brief. Er barg das Konvolut in der Mappe mit der Aufschrift PD 7/1965–85. So wie die Behörde es im Interesse der Geschichtsaufarbeitung verlangte. Im Interesse der Gesellschaft. Wohlverwahrte Papiere.

Darauf taumelte er in den heißen Nachmittag. In dieses Leben, in dem er nicht mehr der Jüngste war.

Leni hatte ihre Reisesachen im Flur abgestellt, auch sein Zeug stand bereit. Morgen sehr früh würden sie nach Hiddensee fahren.

Leni in ihrer Art fragte kurz und tröstete auch gleich. Wars denn schlimm? Alles blödes, konfuses Zeug. Drei Viertel erstunken und gelogen.

Sie brachte ein Glas Ingwer-Zitronen-Wasser. Trinken ist wichtig. Alte Leute vergessen oft, dass der Mensch trinken muss.

Er nahm das Wasser wie Medizin. Barfuß im Korbsessel, versuchte er, sich zu besinnen. Die Erde hatte 400 Millionen Jahre gebraucht, um Wälder hervorzubringen. Der Wald sei zum Zeitmaß geworden. Wald ist Zeit. Wir zählen die Jahresringe. Die Kirschendiebin hatte in einem Brief allerlei über Bäume geschrieben, Laub- und Nadelbäume, über den Wald, ihren Wald oder den Wald ganz allgemein, als Kulturgut und überhaupt, es gibt eine Norm, wann Bäume sich Wald nennen dürfen. Liebster, ich bin jetzt grade kein Mensch mehr, ich bin ein Koniferen-Phantast, und sie hatte eine Kinderwiege gemalt.

Leni hatte gefragt, ob er mehr als zehn Aktenseiten bestellt habe. Zehn Seiten konnte man umsonst kopieren lassen, für jede weitere musste man 50 Pfennig bezahlen.

Er habe nichts bestellt.

Nicht mal die zehn Seiten?

Daran habe ich nicht gedacht.

Er sah verschiedene Wörter in ihrer blauen artigen Schrift. Knechtin, er hatte das Wort heute gelesen und früher einmal. Er erinnerte sich an eine Kinderwiege, gezeichnet, lustig wie in einem altbekannten Bilderbuch von der Hasenfamilie. Und nun will ich dir noch einen Zauber mitteilen. Aus mir ist nämlich ein Kind gekommen. Es heißt Sylvia.

Da war in seine Gedanken ein Funke gefallen, der jetzt erst anfing zu flimmern oder zu glühen. Es war, weil er das Rechnen verlernt hatte. Es tat weh, brannte, der Schmerz verging, weil die kleinen Bäume inzwischen zum Wald gewachsen waren. Wir bewegen uns in der äußeren Schicht der Zeit, die der Wald für uns geschaffen hat – Eintagsfliegen unter dreitausendjährigen Mammutbäumen. Er grübelte, versuchte, sich an das Datum des ersten Briefes zu erinnern. Oben rechts auf dem Blatt kein Ort, kein Datum. Poststempel. Er sah deutlich Briefmarken, die Friedenstaube, doch er konnte sich an Zahlen nicht erinnern. Nebel. Verwischte Schwärze. Und weitere Geistesblitze, die als Erkenntnis brachten, dass das Leben überall voller Fangnetze war. Die Briefmarken auf den Umschlägen der Kirschendiebin waren Ostbriefmarken, Sondermarken, die Friedenstaube und der heilige Moritz aus dem Magdeburger Dom. Um sicherzugehen, hatte sie ihre Briefe einem Vertrauten anvertraut, der die Briefe seinerzeit absolut sicher durch die Mauer befördern sollte. Umsonst das Vertrauen. Das Netz war geknüpft.

Thomas hatte keine Kopien bestellt. Leni schüttelte den Kopf. Schussel, echt, wieder mal. Aber sie konnte ihn verstehen.

Was einmal versunken war, sank tiefer ins Moor. Die alten und die neuen Bäume wuchsen. So ist es in der großen Natur. So ist es in unserem Leben.

Und immer wieder ein neuer Wald und eine neue Zeit, hätte sie hinzugefügt. Sie, die Mutter von Sylvia. Siehst du nicht, wie die Buche in den heutigen Kiefernforsten an Raum gewinnt? Aus struppigen Büschen sind silberne Bäume geworden.

Diesmal wohnten Thomas und Leni in einem abgelegenen Ferienbungalow in der Heide. Denn oben im Haus in Kloster, wo sie in der Alten Zeit, später auch in der Neuen Zeit, einige Sommer Quartier gefunden hatten, wurde schon wieder gebaut. Sanitäranlagen. Sauna. Massageduschen. Verglaste Kamine.

Hier in der Heide ist es eigentlich viel schöner. Wenn wir das nächste Mal wählen dürfen, stimmt's, wir würden nicht zögern.

Leni hatte recht. Thomas würde gern wieder hier wohnen. Nächsten Sommer oder übernächsten. Er dachte an die Bemerkung, die er beim Optiker gemacht hatte. Die neue Lesebrille wird wohl die letzte sein. Ein Scherz eigentlich, aber doch wohl kein guter.

Flachland, Ginster und Wildrosenhecken. Verstreut, versteckt ein Dach, ein Nest. Manchmal funkelte es fern in den Büschen, ein Fenster blinkte in der Sonne. So weit das Auge reichte, Heidekraut. Calluna vulgaris. Juniperus. Die Inselflora.

Juli auf Hiddensee.

Eigentlich kam man in diesen Wochen zu spät, weil die Wildrosen schon verblüht waren, oder man kam zu früh, weil die Heide immer noch nicht blühte.

Wir sind genau richtig, sagte Leni.

Sie bezogen zwei Schlafräume mit breiten behaglichen Betten. Radio und Leselampe. Unterm Dach wäre eine Doppelschlafstatt gewesen, ein Nest für zwei mit Fernblick und unbedingter Nähe, Feriennähe, alten Vertraulichkeiten.

Leni hatte sich schon für unten entschieden, Thomas hatte seine Tasche bereits in der Nebenkammer abgestellt. Jeweils Radio, jeweils Buch, Leni baute die Wasserflasche auf, die Tabletten für morgens nüchtern, die Taschenlampe für den Weg zum nächtlichen Bedürfnis.

In der Wohnküche, zwischen Panoramafenstern, stand ein geselliger Tisch. An der Wand gegenüber Regale mit Geschirr, gerahmte Fotos, lauter vorwurfsvoll blickende Kühe, nackt am Band hängend, eine Gitarre. Kühlschrank in der anderen Ecke. Auf der Veranda Bänke und Liegestühle. Platz für eine große

Familie. Richtig für Thomas und Leni. Hast du noch Wünsche. Leni legte einen faustgroßen Hühnergott auf den Tisch.

Bis zum Horizont zog sich der grünsilberne Heideteppich. Rechts hinten signalisierten drei Birken den Weg zur Kneipe und zum Meer, von dort kam das Rauschen, der Wind, der Salzgeruch und noch lange das violettrote Licht.

Der Abendstern stand über dem Dach. Darüber leuchteten drei weitere Sterne. Nehmen wir als vierten Stern den Planeten Erde, den können wir aber nicht sehen, weil wir darauf sitzen.

Leni zupfte die Gitarre. Und sie fand ein Lied. *Sandmann, lieber Sandmann, es ist noch nicht so weit*. Ich konnte das Lied nicht leiden, aber jetzt gefällt es mir. Es versucht, den Augenblick festzuhalten.

Die kurze Zeit zwischen Tag und Nacht hatte einen besonderen Namen. Stunde des Wolfes. Stunde der Ohren. Blinde Stunde, jedenfalls für Menschenaugen. Für schwächliche Augen.

Von seinem Platz auf der Bank hatte Thomas den Blick weit in die Ferne gerichtet, er hatte die Lesebrille und das Buch abgelegt und vielleicht auch die Gedanken und die irdische Einsamkeit. Die Nacht machte fromm oder zufrieden. Der Ort schenkte Heimat, ein Zusammengehörigkeitsgefühl über die Insel und über die Vergangenheit hinaus. Als wäre ich hier auf der Bank auch gleich im Weltall zu Hause.

Ich glaube, das Weltall ist meine Heimat.

Leni brachte schon Kissen und Decken, kleine Gläser und eine Flasche. Für später, wenn es kühl wird.

Hast du gehört, das Weltall ist unsere Heimat.

Es lag seit Jahren ein höflicher Raum zwischen den beiden, aber sie saßen doch nahe genug auf der Bank. Thomas konnte leise sprechen. Leni spürte seine Aufrichtigkeit. Sie kannte ja seine gerne erzählten schrecklichen Geschichten. Die Flucht. Das Verschwinden des Vaters, die Vorstellungen vom Tod. Und ist nicht die Natur mir eine Erklärung schuldig? Sie kannte sein

Schweigen vor dem nächsten Kapitel. Jedes Mal war sie von neuem ergriffen, wenn es am Hoftor donnerte, wenn die Reiter kamen, immer drei.

Man konnte zusehen, wie die Nacht verging. Wie der Nebel sank. Wie das Licht, der Tag, der nächste schon wieder, über das Dach stieg.

Thomas hatte gleich nach dem Abendessen, Brot, Gurke, Tomaten, dazu immer noch vom mitgebrachten Käse, einen Wodka getrunken.

Leni hatte im Vorratsschrank gesucht, sie hatte nichts finden können, keinen Wein. Dann erst hinter den Töpfen wenigstens was, wenigstens eine Flasche mit grün-weißem Etikett. Wodka erinnert mich an die Schneideräume in Adlershof, an die spannende Abnahmevorführung einer Fuchs-und-Elster-Geschichte. Wir hatten immer ein Fläschchen auf Lager, zum Feiern oder zum Trost.

Heute trinken wir einfach so.

Zwei, drei Tränen. Der Klare ist freundlich zu uns. Genau diese Sorte stand zum Nachkaufen bei Insel-Aldi im Schnapsregal. Thomas reichte seiner graugelockten Gefährtin die Hand. Weil du bei mir bist, darf ich verloren sein, ohne dich könnte ich mir das nicht leisten. Er drückte mutwillig ihren Arm.

Manchmal wanderten Stimmen hinter den Wildrosenbüschen.

Leute benutzten den tief unter den Fenstern vorbeiführenden Trampelpfad. Manchmal mühte sich einer mit dem Fahrrad durch den Sand. Im Dunkeln funzelten Taschenlampen. Man hörte, wie sie plauderten. Ob wirklich früher die Insel ein Fluchtweg gewesen sei, um aus dem Osten in den Westen zu kommen? Die vielen Leichen, die in Schweden angeschwemmt wurden und heute noch dort irgendwie gelagert werden. Alles wahr.

Das hätte doch in der Zeitung gestanden. Ich meine, im Westen. Das kannst du wissen, drüben wurde auch nicht alles an die Öffentlichkeit gebracht, auch bei denen blieb genauso wie bei uns manches geheim. Das siehst du doch heute. Denkst du, die sagen uns, was noch kommt. Die sagen nichts, weil sie nicht wissen, was noch kommt.

Niemand weiß, was kommen wird.

Hier wohnt Doktor Allwissend und Thors Tochter Thrud, hatte Thomas laut hinter den Wildrosenbüschen gerufen.

Manchmal lud er die Leute ein, die er mit seinem Ruf aus dem Jenseits erschreckt hatte. Wodka. Um ein bisschen zu reden. Ostler, Westler, Wuppertal oder Wurzen, eigentlich sollte es egal sein, aus welcher Himmelsrichtung man kam. Nach fünf Minuten war es jedoch nicht mehr egal. Jedenfalls bei den Alten. Recht. Geld. Diktatur. Jeder hatte jedem etwas voraus. Diktatur. Geld. Recht. Wie du es auch drehst. Es würde noch ein paar Jahre so gehen. Und wer weiß, wenn nächstens die Ölscheichs nachts mit dem Fahrrad hier entlangkommen, wenn Russen die Insel erst gekauft haben werden. Vielleicht gehört die Insel längst einem Russen. Thomas schenkte nach.

Wir saufen unsere Tränen, kommandierte er mit mutigem Schwips.

Am Morgen lag ein roter Schimmer über dem Heideteppich. Der Vorschein der Blüten. Wenn in ein paar Wochen die Heide blüht, ist der Sommer hier angekommen, aber eigentlich auch schon vorbei.

Viel macht das Licht, meinte Leni.

2
Ich, Melina

Wie nennst du mich?

Habe ich einen Namen. Heiße ich wie die Zeit, die es strenggenommen gar nicht gibt. Bin ich der Augenblick zwischen Hell und Dunkel. Siebenundsiebzigmal bin ich mit der Erde um die Sonne gezogen. In einer Wiege, in Holzschuhen, barfuß, in Igelitsandalen, in Schuhen vom VEB Rotes Banner, in High Heels aus Wien oder jetzt in Turnschuhen mit Einlagen auf Orthopädenrezept.

Neuerdings, wenn ich eine volle Runde gedreht habe, an einem Tag im Oktober, während ich unterm Baum das letzte Fallobst auflese, die Boskop, die aus der hohen Krone gefallen sind, denke ich: Kann das sein? Ist das wahr? Schon wieder Oktober. Ich schau auf die Uhr. Wie schnell wir sind, die Erde und ich. Und ich denke an meine Mutter. Sie hat mich auf die Welt gebracht. Wahrscheinlich unten in der dunklen Kammer mit dem kleinen Fenster zum Berg, in der später Kostgänger August die Kriegsjahre bis zur Flucht mit uns lebte.

Ich bin unehelich auf die Welt gekommen. Meinen Vater kenne ich nicht, aber ich denke manchmal an ihn, nicht an einen Menschen, sondern an ein Schicksal. Er war nicht allein nur mein Vater, denn er hatte sich in einem Nachbarstädtchen ziemlich zur gleichen Zeit ein zweites Mal zum Vater gemacht, dort sogar amtlich, sogar aktenkundig. Während er für mich nur ein Sprichwort war. In unserer Stube wurden manchmal Andeutungen gemacht, sie hatten hohe Bedeutung, aber keine Gestalt.

Er lebte unter anderen Leuten, in anderen Kreisen, in einem

Haus, das nicht Stube und Kammer hatte, sondern Erker und Salon.

Im mütterlichen Nest wohnten Waschfrauen und Waldarbeiter, sie lebten zusammen mit stolzestem Kleinvieh, fleißigen Bienen, dazu einer hochtalentierten Kuh, die Furchen ziehen, Heufuder deichseln, Milch liefern und kalben konnte. Sie ging selbständig auf die Weide, wenn sie an die Krippe wollte, steckte sie ihren mit Weinlaub umkränzten Kopf durch das Stubenfenster. Dann machte ihr einer die Stalltür auf.

Die Mütterlichen hatten mich erst einmal ohne Urkunde als neues Lebewesen aufgenommen und irgendwie unter- und durchgebracht. Meine Wiege passte in die Stubenecke. Im anderen Winkel stand der neue, mein Dasein behütende Dauerbrandofen, ein Koksfresser einerseits, aber andererseits ein Wunder, ein Gerät, das den Zwischendampf auffing und den Abdampf nutzte. Die Alten knieten staunend davor, eine Innovation. Sie beobachteten, wie sich die Klappen langsam bewegten, auf und zu. Alles von selber. So musste es sein. Neues Leben und Wärme. Ich spürte Geselligkeit, wie in Bethlehems Stall, Kommen und Gehen. Wenn einer die Vordertür aufmachte, stürmte der Wind ins Haus, er fegte Schnee durch den Söller und tobte aus der Hintertür wieder hinaus.

Ich wusste, dass der Wind hinter dem Haus direkt in die Hölle fuhr.

Ich hörte das Ticken der Wanduhr über der Wiege und die Stimmen. Geld nehmen wir nicht. Die Schweinchen quiekten, denn bei Dauerfrost wurden die Jungtiere in der Nähe des Ofens einquartiert, die Glucke saß hinter dem Rohr.

Der Ofen war Unservater.

Den Winter musste man sich mit Schießgewehr und verschneiter Soldatenmütze vorstellen, breit und grimmig, so marschierte er durch die Welt. Die Leute flüsterten, der Drahtfunk meldete in der Nacht: Es sei aber noch viel schlimmer. Großmutter nähte schwarze Trägerschürzen, sie nähte mit schwarzem Garn, Schnittmuster auf schwarzem Stoff, für unter der Woche, und die schwarzseidene *Suntichschürze*, schwarze Bänder zum Schleifenbinden. Jegliche Väter starben in Stalingrad, so auch der doppelte von uns.

Sie lagen dort, bekannt und unbekannt, ganz tief unterm Schnee.

Man konnte sich an den Frieden vor dem Krieg vielleicht noch erinnern. Vielleicht an Liebe. Es konnte geschehen, dass ein Kerl, also mein Vater, zwei Mädchen liebte, zwei Frauen. Dass zwei in einen verliebt waren. Er wird wohl ein charmanter Lümmel gewesen sein. Mutter war achtzehn Jahre alt. Mit dreizehn war sie aus dem Elternnest fortgegangen. In Stellung. Als Schlesierin hatte man es nicht schwer, eine Arbeit zu finden. In den Zeitungen stand: Schlesische Mamsell gesucht. So ist sie rumgekommen, in der Nachbarstadt Schönau, in Berlin, in Leipzig, in Radebeul. Sie hat bald ihre jüngeren Schwestern nachgeholt. Hilde und Lotte, weil sie auch fleißig waren. Nimmermüde und goldene Hände. Mit der Zeit hatte die Großmutter drei Kleinkinder aufzuziehen. Ich war die Älteste, die beiden Jüngeren hatten einen leibhaftigen Vater, aber auch der blieb uns nicht lange, auch der blieb in Russland, vermisst, ein Mann, der einmal als Knecht Ruprecht *von drauß' vom Walde* in die Stube hereingepoltert war. Ich hatte seine Ohren unter der Ruprechtlarve, vor allem aber seinen weißen Daumen erkannt. Dick mit Mull verbunden, ein Ungeschick mit der Säge. So geisterte Knecht Ruprecht, ich könnte auch sagen: mein schlesischer Onkel, in der Taiga, in Sibiriens großen stalinschen Waldschutzgürteln, umher.

Wir aber, die Kinder und die Alten, zogen im Treck vor den anrückenden Russen Richtung Westen, wir kehrten noch einmal um, weil die Kuh und die Hühner versorgt und die Felder bestellt werden mussten. Und weil in unserem schlauen Ofen noch Glut war. Jedoch die Alliierten hatten anders entschieden, also ließen wir beim erneuten Aufbruch aber-auch-alles-stehen-und-liegen. Den Hut mit dem Ziegenbart am Haken hinter der Tür, daneben den Lederschurz, unterm Schemel die Filzschuhe, als wären sie noch warm. Nur den Ofen hatte der Großvater kalt gemacht, Asche, das Feuer war aus. Das war unser letzter eiserner Wille.

Von meinem Vater habe ich kein Bild, ich habe seinen Namen nie gehört. Ein einziges Mal hat meine Mutter eine Andeutung gemacht, nicht über ihn als Vatermenschen, sondern über seine Herkunft, sozial, dass es eine andere Welt war mit Bildung und Geld. Sie hatte auch angedeutet, dass meine Großmutter, also ihre Mutter, einmal mit mir an der Hand bis zur Schwelle dieser Welt vorgedrungen war, um ein Kuvert mit Geld zurückzuweisen. Meine Großmutter und ich. Das wusste ich bereits, das musste mir meine Mutter nicht mit Worten erzählen, denn das trug ich wie eine angeborne Erbschaft in mir. Es fing damit an, dass wir an eine schöne große Haustür klopften, dass uns aufgemacht ward und dass wir stocksteif auf einer Schwelle stehen geblieben waren, dass wir nicht reinkommen, nichts berühren, nichts hören und sehen wollten.

Angeboren.

Die selbstgewisse Großmutter, meine Trauer, das Versäumnis. Die Schwelle, die ich gerne überschritten hätte. Der Heimweg.

Wir hatten unser Nest unter dem Strohdach zu Fuß und mit dem Autobus nach einer Tagereise wieder erreicht.

Ich höre meine Großmutter singen. Sie hatte, mit mir an der Hand, den langen Weg bis zu unserer Wiese, wo die kluge Kuh schon auf uns wartete, gesungen.

Ich hatte eine gern singende Großmutter. Aber lesen und schreiben konnte sie nicht.

Dieser Vater war im Stalingradwinter ungefähr fünfundzwanzig Jahre alt. Vielleicht hat er, als für ihn alles vorbei war, an mich gedacht, vielleicht hat er uns alle in seiner letzten Stunde noch einmal gesehen. Sein schönes Elternhaus, die offene Tür, die Stufen. Salve. Pferde, die Katzbach. Siegfried aus unserem Volkslesebuch sitzt auf der Brückenmauer, zwei Mütter, jung und schön, rechts und links in seinen Armen, beide freundlich, verwegen, sogar ein wenig frech oder frivol, zärtlich froh. Zwei Kinder spielen unten am Ufer, ein kleines blondes Mädchen, ein gleich blonder kleiner Junge. Sonne. Sonntagsglocken, Eintracht, wie das Leben sie nicht bieten kann. Liebe für immer, das ist der Tod.

Die Erde trägt uns. Im Schlaf, im Traum. Wir sind unterwegs auf einem Rundweg um die Sonne.

Ein Klingelzeichen. Die Briefträgerin an der Pforte. Sie hatte das gelbe Auto an der Hauptstraße abgestellt, bewundernswert, wie sie den ganzen Plunder kreuz und quer verteilte. Die Frau arbeitete schon lange hier im Bezirk, ich habe ihren Namen gekannt, aber leider wieder vergessen.

Gehts gut?

Geht so.

Ein Paket für die Nachbarn, und das ist für Sie.

Sie schob den Karton hinter die Tür und reichte mir eine Ansichtskarte von Gisela. So eine Spaßkarte mit dem wattierten Marx-und-Engels-Denkmal.

Zur Erinnerung an uns. Schade, dass Du beim Aufarbeiten nicht mitmachst. Die Erde trug uns. Wir waren unterwegs. Am liebsten schwärmten wir nachts. Am Himmel war immer was zum Staunen. Sternschnuppen, Antimaterie.

Gruß, Gisela.

Ach Gisela, es tut mir leid, dass ich grade Dich enttäuscht habe mit meinem Nein. Es geht ja auch um die Kröten, die Dir durch meine Sturheit entgehen. So eine Aufzeichnung für die Archive hätte Dir sicher ein bisschen was gebracht. Den Fluchtweg haben wir seinerzeit ziemlich genau zu Protokoll gegeben. Dem ist nichts mehr hinzuzufügen. Wie damals meine innere Verfassung war, dafür finde ich überhaupt keine Worte, und wie es mir später ergangen ist, da kann ich nur sagen, dass ich danach die Teilung des Landes erst recht empfunden habe, mir hat die Westwelt vorher nicht so brutal gefehlt wie danach der Osten. Ihr alle habt mir gefehlt. Klar hätte ich das laut sagen können, aber die meisten meiner Bekannten hätten mich für verrückt erklärt. Wir hatten nach kurzer Zeit ein Auto, Telefon, Kopiergerät, um die Ecke eine Pizzeria. Ich gründete einen Kindergarten bzw. eine Kita.

An meinem Buch über den Wald hätte ich mindestens noch drei Jahre arbeiten müssen, aber ich hatte einen guten Vertrag mit einem festen Termin. Dafür war ich dankbar und schließlich auch dafür, dass bis jetzt niemand die Defizite im Buch bemerkt hat. Inzwischen gibt es andere Waldbücher, eine Übersetzung aus Schweden. Ein sehr gutes Buch.

Ich hätte keine Zukunftsangst haben müssen, denn auch Werner war gleich sozusagen voll im Geschäft. Er war engagiert, weit über den Alltag hinaus, er dachte an die Zukunft der Städte, der Meere und vor allem auch an die Zukunft der Banane. Die Experten sahen die alte Spezies schon lange durch Krankheiten bedroht. Das ist besonders heikel, weil sich die Banane vegetativ fortpflanzt, also in der Gegenwart ihre Vergangenheit in sich trägt und damit in einem dauerhaften Körper ihre einzigartige Zukunft findet. Oder von der Welt verschwindet. Stell Dir das mal vor. Eine Welt ohne Banane. Ich musste an meine Großmutter denken. Die kannte keine. Die hatte ihr Gartla und Honig. Und wir im Osten kannten sie oft nur theoretisch und dann schließlich als Symbol für eine erstrebenswerte Welt. Und tatsächlich, wie habe ich die Westmütter beneidet, weil sie ihre Babys mit gequetschter Banane füttern konnten. Davon hatte ich dann nach der Flucht für meine kleine Sylvia, so viel ich wollte. Jeden Tag Bananen. Ich kann das Wort nicht mehr hören.

In meinen Träumen verfolge ich den Weg.

Werner hatte Sylvia auf eine Dienstreise in den Oman mitgenommen. Er war schon ein paarmal dort gewesen, mit Aufnahmetechnik, ein andermal war er mit Biologen von der Universität Kassel unterwegs, sie waren einer wildwachsenden Bananenart auf der Spur. Ein Botaniker hatte in einer Oase zwischen Meer und Gebirge an einem Berghang einzelne wilde Stauden gefunden. In einer Senke hatten sie sogar ein ganzes Feld mit heimischen Wildlingen entdeckt. Das bedeutete viel für die Züchter, das versprach Hoffnung für den Fortbestand der Plantagen.

Sylvia und auch Werner hatten sich wie verrückt auf die Reise gefreut. Wochenlang wurde vorbereitet, die Kameras getestet, Kisten gebaut, es musste besonderes Holz sein, desinfizierte Vlieseinlagen. Gazedeckel.

Ich versuche, mich an die Abfahrt zu erinnern. Ich hatte Salbeibonbons ins Gepäck geschmuggelt und für jeden noch eine Mütze, falls sie die Sonnenhüte verlören. Passt auf euer Zeug auf. Das war meine Sorge. Im Großraumtaxi war kein Platz mehr frei, sonst wäre ich mit meinen beiden zum Flugplatz gefahren. Wäre dann alles anders gekommen?

Ich hätte schreien müssen. Bleibt doch bei mir. Hiergeblieben.

Liebe Gisela, vielleicht findest Du zu Deinem Aufarbeitungsthema einige Auskünfte im Bundesarchiv. Nachdem wir mit dem Schiff an der italienischen Küste gelandet waren, ging es in einem Kombi mit zwei versierten Chauffeuren ohne große Pause durch das lange Italien sofort nach Bonn. Meist rechts und links Gegend mit Großanlagen. Viel Landwirtschaft. Ich erinnere mich an schwarze Felder oder bis zum Horizont azurblaue Folie. Schon wieder ein Meer? Oder ein Kirchturm? Ist das Rom? Oder die Kuppel vom Dom in Firenze? Schon vorbei. Jetzt kommt der Gardasee und dann die schrecklichen, die schwindelerregenden Alpen. Matti war nicht zu beruhigen, er weinte. Der Fahrer hielt, wo er eigentlich nicht haltmachen durfte, damit wir kotzen konnten, Matti und ich.

Hast Du gewusst, dass dieser Westen so groß ist? Werner versuchte zu trösten. Guckt mal, das Bächlein, das ist bestimmt schon der Vater Rhein. Wir haben nach der Flucht in Bonn ziemlich viel über unsere Lebensumstände zu Protokoll gegeben. Werner hatte immer Ordnung in seinen Gedanken, auf Fragen eine klar formulierte Antwort, ein genaues Urteil. Das hat mir in den folgenden Jahren im Westen geholfen, damit hatte ich Boden unter den Füßen. Sein liebster Satz war: Worte sind schön, aber Hühner legen Eier.

Mein Alltag hatte Halt durch ihn. Er war ein Fels. Wenn ich denke, was er für eine aufgeräumte Kindheit hatte, in einer Familie im Erzgebirge. Ein Idyll mit Vater und Mutter und einer Spielzeugfabrik, wo er mich hätte hinheiraten sollen, wenn alles beim Alten geblieben wäre. Das Erbe zielte auf den einzigen Sohn. Für Werner war es ein Glück, als die meisten Unternehmen am Ort zusammengeschlossen wurden zu einem großen holzverarbeitenden Betrieb, nicht mehr privat, sondern volkseigen. Werners Papa war zweiter oder dritter Chef geworden. Der Betrieb wirtschaftete sehr gut. Sie arbeiteten nur für den Export. Räuchermänner. Nussknacker. Spieluhren. Werner fühlte sich befreit, er musste keine neuen Engel erfinden. Jahresendflügelfiguren! So ein Quark. Das hat nie nie nie einer gesagt. Ich schwöre es. Ich habe die Kisten selbst gesehen, mit Beschriftung. Engel, Kerzenträger. Werner war raus aus dem Schneider.

Er hat in Dresden bei den Kamerawerken gelernt, das war sein Traum gewesen. Im Andersen-Nexö-Haus gab es einen Zirkel für Schmalfilmer, da hat er mitgemacht, den hat er sogar jahrelang geleitet. Er hat getüftelt und experimentiert. Er war nirgendwo angestellt. Einen Film über den Fichtelberg wollte er drehen, es sollte ein besonderer werden, nur drei Einstellungen, die Kamera mit einem selbstgebauten Dämpfer vorn auf einem

Postfahrrad. Die Bilder zeigten pures Entsetzen. Trauer. Einen sterbenden Wald. Das hatte niemand wahrhaben wollen. Nun war es, als wäre Werner der Zerstörer. Man beklagte nicht die Zellulosefabriken, die den Nadelwald kaputtgemacht hatten, sondern den Film, der unanständig nackte Fichten vorführte. Als Nächstes Kasachstan, dort drehte er an den Flüssen Syr-Darja und Amu-Darja und kam auf das Drama mit dem austrocknenden Aral-See.

Die Eltern waren fast zufrieden mit sich und auch mit ihrem Sohn, seinem Werdegang und dass sie einen Enkel hatten, den sie sogar manchmal hüten durften, aber verstehen konnten sie manches nicht.

War Werner zu gutmütig oder gar ein Schussel? Mich, seine Frau, nahmen sie wie eine Allergie, die sich der Junge zugezogen hatte. Man musste damit leben, dass ich Artes Liberales, also ganz was Unnötiges, studierte, nicht kochen konnte und wahrscheinlich fremdging. Sie hatten ein feines Gespür für Ungerechtigkeiten, die ihrem Sohn widerfuhren. Er war ein guter Vater, ein Familienmensch, ein Tüftler und Grübler. Aber konnte er sich nicht vernünftige Themen für seine Filme suchen? Mal einen schönen Film über die Volkskunst im Erzgebirge oder das Lichterfest. Im Stillen gaben Werners Eltern der unzufriedenen Filmverwaltung recht. Werner war nicht gutmütig, er war bockig. Sie vermissten in seinen Filmen Wärme, Verbindlichkeit, den Blick auf freundliche Nachbarn. Sie spürten, dass ich da ganz auf Werners Seite war, vielleicht hatte ich ihn sogar in die Region gebracht, dorthin, wo die trüben Geister hausten. Ja, Werner hatte auf Stimmen gehört. Seine Sinne waren weder trübe noch heiter, sie waren viel feiner als unsere. Hinzu kamen seine ausgetüftelten Apparate. Er machte Fotos und Filme, um den letzten Dingen zu zeigen, dass sie ihm von Wert sind. Und dass die letzten Dinge ihn eigentlich brauchen. Er fühlte sich von den alten kranken Fichten im Erzgebirge geliebt. Er hörte Stimmen, die meinten, die Bäume sind wir. Für seine Eltern war es dann nach dem Merseburg-Film schlimm gekommen, wir konnten Weihnachten nicht mehr unter ihrem Christbaum verbringen, die beiden Alten mussten mit den schweren Stollenkoffern auf Rentnerpass zu uns in den Westen reisen. Manchmal schmuggelten sie noch Kram, den wir damals zurückgelassen hatten. Fotos. Bücher. Meine Schreibmaschine.

Sie starben in Jahresabstand fern von uns, sie wurden ohne uns begraben. Das Schlimmste haben sie nicht mehr erlebt.

Liebe Gisela, pass gut auf, dass die richtigen Sachen ins Museum getragen werden. Unbedingt Werners Filme.

Er war aufrecht, wahrscheinlich Christ, so einer mit spitzer Nase wie Erasmus von Rotterdam. *Die christliche Religion steht einer gewissen Torheit recht nahe; hingegen mit der Weisheit verträgt sie sich schlecht!* Das war Werner.

Ich schicke Dir die Adresse unseres Sohnes Matti. Er lebt mit seiner Familie in Toronto. Er ist ein eigenwilliger Fotograf geworden. Ich finde, er zeigt in seinen Fotos, wie erträglich die Vergänglichkeit ist. Oft spüre ich seinen Atem, ich sehe in den Bildern seine kalten Finger, erkenne, ob er das Foto mit oder ohne Handschuhe gemacht hat.

Gisela sammelte Erinnerungen. Sie glaubte an solche Sachen.

Es sollen auch Kinder zu Wort kommen. Oder Leute, die damals Kinder waren. Gisela meint, man muss die Epoche erklären. Wir sind Epochenmenschen. Wir kommen aus der Antike. Die Großväter haben erzählt, wie ihre Urgroßväter die Kriege und einen kurzen Frieden erlebten, dann war wieder Krieg, dann Nachkrieg. Kommunismus und Marktwirtschaft. Allein die vielen verschiedenen Geldscheine. Dann das Medienspektakel, Federkiel, reitende Boten, Extrapost, Tinte, Buchdruck nebst Schreibmaschine, Telefon, Computer, Internet mit zeitgleicher Datenübertragung. Den *Tannhäuser* aus der Met direkt in unser Thalia-Kino.

Wir beide, Gisela und ich, hatten es nicht glauben wollen, wir alle im Kino wollten es nicht glauben.

Die meisten waren nicht mehr die Jüngsten. Eine Besucherin in goldbestickter Samtjacke, die vor uns am Popcorntresen in der Sektschlange stand, hatte sich von ihrem Sohn aus Falkensee herfahren lassen. Sie hatte das Ticket schon vor Wochen bestellt. Gisela und ich waren einfach hergekommen. Wir hatten uns nicht feingemacht, wir waren direkt vom Pflaumenmuskochen mit Fahrrädern von Stolpe losgeradelt. Wir dachten Kino, aber die meisten waren mit Krawatte hier. Wagnerianer. Sie wussten, dass der Sekt umsonst war. Einfach nehmen, ein Glas oder drei. Gisela kam mich manchmal besuchen, sie ließ durchblicken, sie käme, weil sie sich Sorgen um mich machte. Mir war, als hätte ich sie angerufen. Komm doch mal. Sie wohnte in Königs Wusterhausen, nicht grade um die Ecke, aber mit einem stündlich fahrenden Zug recht gut zu erreichen. Wir hatten uns nun schon ein paarmal getroffen und wiedererkannt als ehemalige Kommilitoninnen.

Geisteswissenschaften, so ein Schwachsinn. Waren wir blöd? Sind wir immer noch blöd.

Lassen wir uns grade wieder zum Narren halten? Man nennt es eine Direktübertragung, jeder Triller geschieht im Augenblick in New York auf der Bühne genauso wie hier im Kino.

Wie stellen Sie sich das vor, sagte die Samtjackenfrau. Mit Zeitverschiebung und mit dem Atlantik dazwischen, unmöglich. Das ist keine Direktübertragung, das ist eine Aufzeichnung, eine sogenannte Übernahme, wo die Zeit auf dem Globus keine Rolle spielt. Wie anspruchsvoll sind wir denn schon geworden? Oder wie fromm? Direkt. Nur der Herrgott kann gleichzeitig in der Met und im Thalia-Kino sein.

Applaus aus den Lautsprechern, auch hier rührten sich einige Hände, Beifall der Überwältigten, sinnlos, weil sowieso in New York bei den Künstlern nichts ankommt. Merke: Im Kino und in der Kirche spare deinen Applaus.

Auch wenn dir der Organist gefällt.

Die Kameras in New York blieben sogar während der Pausen in Aktion, eine zeigte rechts oben im Bild eine Sanduhr, also die Zeit, die dort und auch für uns hier verrann. Eine zweite Kamera präsentierte vergnügliche Szenen, ein Interview. Wir verstanden nicht alles, aber man sah, wie sich die Journalistin und die Met-Besucherin über ihre gleichen Ohrgehänge amüsierten, beide trugen kleine Kürbisse, heute passend zum 31. Oktober. Halloween. Also doch! Direkt! Dachte ich mir es doch. Rechts und links, weitersagen. Direkt.

Die Amerikaner saßen in der Vormittagsoper, während wir zur Dämmerstunde in ein und dieselbe Nachmittagsvorstellung gekommen waren. Die Erde drehte sich. Man wusste es, aber man glaubte es nicht. Wenn ich mittags die Matti-Familie in Toronto anrief, hörte ich verschlafenes Gähnen, und ich dachte: Faule Bande. Ich schimpfte manchmal. Ihr pennt jetzt doch nicht etwa noch? Bei uns sind die Schulkinder schon auf dem Heimweg.

Good morning, Granny, hallo, elderly lady!

Gravitation.

Wir Alten hatten stilles Wasser in der Handtasche und Bonbons, damit wir unseren Husten bändigen konnten. Unbedingt, wenn Wolfram von Eschenbach seinen Auftritt hatte. Todesahnungen, oh, du mein holder Abendstern. Die goldbestickte Samtjacke flüsterte. 1954 Bayreuth. Fischer-Dieskau singt. Keilberth dirigiert. Gisela murmelte, da muss die jetzt aber bald hundert sein. Der unendlich wunderbare, der maßlos dicke Tannhäuser wälzte sich in bräunlich zauberhaften Gebirgskulissen, erst quer und dann aufwärts, seine Stimme wogte dort in New York und in unserem renovierten Kinosaal.

Auch den Beifall erlebten wir live. Das muss man sich mal vorstellen. Wohin wir gekommen sind, wir Hungerleider. Sekt und Oper. Taxi wäre auch kein großes Problem. Wir radelten über den Teltowkanal, an der Bäke vorbei. Kohlhasenbrück. Hier hat der echte Kohlhaas seinen Schatz vergraben, brüllte ich in die Nacht.

Gisela blieb bei mir. Ich hatte ein kleines Zimmer für solche Besuche und für Matti, wenn er allein kam – die ganze Toronto-Familie brauchte Unterkunft im Hotel, oder sie besetzte meine gesamte Wohnung, dann machte ich mich für die Bande freiwillig aus dem Staube.

Ich lebte nun schon über vierzig Jahre in den zweieinhalb Zimmern mit schöner Terrasse in Stolpe, das klingt wie ein Dorf, liegt aber absolut in Berlin.

Ich bin alleinstehend, wie man so sagt.

Ich reise manchmal mit der Urania oder mit der Evangelischen Akademie, aber meist fahre ich spontan los. Ich suche Bäume, zeichne, mache Porträts, zum Beispiel eins von Juniperus virginiana, dem Bleistiftholz. Da ich auch Stolper Bäume bedacht und Skizzen im Bürgerhaus ausgestellt habe, sollte ich mich in das Goldene Buch des Stadtbezirkes eintragen. Ist Anfang des Jahres bereits geschehen.

Während des Frühstücks haben Gisela und ich noch ein wenig geredet. Schon wieder: Weißt du noch.

Ich höre nicht gerne, wenn Gisela unsere beiden gemeinsamen Jahre berührt. Wir sind nicht befreundet, wir waren es nie, aber wir hatten eine gemeinsame Zeit bei den Brüdern Humboldt im Hauptgebäude und in der Ausweichvilla mit der feinen Mensa und der guten Küche von RFT. Waren wir blöd. Ja, wir waren blöd.

Weißt du noch Falkenhain? Wir waren alle scharf auf den Kasper im Russenhemd. Aber du bist mit ihm losgezogen. Waren wir blöd. Ja, wir waren blöd.

Sie lachte und redete, danach hatte sie mich kurz, sogar etwas länger, angesehen, kritisch, unentschlossen, ob sie loslegen sollte. Meiner armen Seele zur Qual. Waren wir blöd. Giselas Augen waren Spiegel. Ich sah meine schweren Sünden. Deswegen machte ich mich schnell ganz klein. Mit einer alten Pappschachtel, aus der ich allerhand Krempel auf dem Tisch auskippte. Einen Bergkristall, Muscheln, Abzeichen vom Weltjugendbund, Abzeichen für gutes Wissen. Gisela kramte. Eine silberne Aktivistenmedaille ließ ich schnell in meiner Strickjackentasche verschwinden, die hatte ich vor vielen Jahren jemandem vom Ärmel geklaut. In einer eiskalten Nacht, vielleicht als Andenken. Weil das zum Sterben komisch war, die Aktivistenmedaille am Jackenärmel von Falkenhain. Hammer, Zirkel, Ährenkranz.

Alles antik, das schenke ich dir.

Gisela raffte die Sachen in die Schachtel. Friedensfahrt. Goldenes Gutes Wissen. Waren wir blöd. Ja, wir waren blöd.

Gisela sagte immer WIR, wenn sie ihre Gebrechen beschrieb. Noch auffälliger bei Altersbeschwerden: immer WIR. Die hohen Absätze können WIR leider nicht mehr tragen, WIR mit unserem Truthennenhals solche Blusen. Keine kurzen karierten Faltenröcke, überhaupt nichts Kurzes, wo man die Knie sieht.

Du nicht, aber ich, dachte ich. Und ich muss nicht schon wieder pinkeln.

Geh noch mal, bevor du gehst, es ist besser, sonst musst du unterwegs, riet ich ihr.

Gisela meinte es eigentlich gut. Sie käme, so sagte sie, damit ich in ihrer Gesellschaft meine Einsamkeit, die ich nicht habe, vergesse.

Sie verbrachte Tage bei mir, Tage, die eigentlich ihrer Vergangenheitskommission gehörten.

Gisela arbeitete, manchmal sogar mit Aufwandsentschädigung, in einer Zeitzeugengruppe. Wie das gewesen war, ohne Eigentum, ohne Väter, ohne Bananen, Strumpfhosen, ohne Handy. Aber dann hatte ja doch wieder jeder seinen eigenen Herd zum Kochen und seine Öfen zum Heizen. Planwirtschaft von der volkseigenen Skatkarte bis zum Robotronrechner, das war verhältnismäßig das Schwerste. Wer war Che, wer Ernesto

Rafael Guevara de la Serna. Man wird die Helden eines Tages teilen müssen. Und die Elektronik machte den Globus unabhängig von allen früheren Revolutionen und herrschenden Religionen zu einem Knäuel.

Ein Salto, und wir waren wieder in der Gegenwart. Seniorenteller. Gisela regte sich auf. Sie fand ihn diskriminierend. Ich fand ihn gut. Man wird satt und zahlt die Hälfte. Du hast ja recht, sagte Gisela.

Gisela wäre jedes Mal noch länger dageblieben, denn es verhielt sich wahrscheinlich andersherum, sie suchte einen Halt, aber ich sagte, nichts für ungut, ich kenne den Gorbatschow viel zu wenig, als dass ich da noch was bezeitzeugen könnte, und ich muss jetzt mal zu einer Kastanie wandern, ihr Befinden erkunden, denn eine rabiate Motte setzt der Kastanie zu.

Es ging zu Ende mit Aesculus hippocastanum. Eine Motte arbeitete im Dienste einer höheren Instanz, die an der Zukunft schaffte oder wieder die alte Ordnung herstellen wollte. Weil die Rosskastanie wohl eigentlich nur auf dem Balkan endemisch, also richtig zu Hause war. Hier wuchs sie als Gast, Parkbaum, Baum auf dem Spielplatz, manchmal sogar als Straßen- oder Chausseebaum. An günstigen Standorten hatte sich Aesculus selbst angesiedelt. Eine einzelne aus einem Spielbeutel verlorene Kastanie, sie keimte, wuchs, wurde ein Baum. Mickrige Blätter zeigten, wie er sich quälte. Vierhundert Jahre Gast, jetzt sollte Schluss sein mit den Kinderfreuden im Herbst.

Matti und Sylvi hatten gerne mit Kastanienpferden gespielt. Im Kinderladen war Saison. Kopflastige Pferde, schwere Eicheln auf dünnem Holz, dünne Streichholzbeine. Ich hütete zu meiner Zeit eine Herde unter Großmutters Stubentisch, Braune, Dunkelbraune und sogar Schecken. Max, Luzi, Negerprinz, zehn Pferdenamen, ein Falbe hieß wie der Hund von Adolf Hitler Blondi. Wer hatte mir denn das eingegeben?

Wahrscheinlich wurde die Kastanie von Kindern heutzutage

nicht mehr gebraucht, wahrscheinlich sorgte die rabiate Motte aus triftigen Gründen für eine rabiate Vertreibung.

Gisela war schließlich samt den Pflaumenmusgläsern, den Aufarbeitungsnotizen und der Krempelschachtel im Rucksack mit mir zu der mottenkranken Kastanie gewandert, danach habe ich sie zum Bahnhof gebracht. Ich glaube, sie wollte immer noch nicht nach Hause fahren. Sie fürchtete sich vor Königs Wusterhausen.

Lieber Matti, sind die Buben wieder im Land? Es ist wunderbar, dass wir Face Time haben. Die Zeitverschiebung habe ich nun ganz im Blut. Mit den kurzen Haaren sieht Jackson aus wie Du auf dem Foto, wo Du im blauen Kinderwagen in den großen Apfel beißt.

Hast Du eine E-Mail von Gisela? Sie will Frühkindliches von Dir wissen. Hast Du überhaupt Erinnerungen an die Zeit im Osten? Könnte ja sein, dass allerlei angeborenes oder frühes Östliches in Dir lebt. Du bist schnullerlos aufgewachsen und warst, als Du ein Jahr alt wurdest, schon sauber. Wurmt Dich das?

Lieber Matti, danke für die Fotos von den krummen alten Koniferen in der Bronx, lauter kopfschüttelnde Würdenträger. Man sieht ihnen an, dass sie heutzutage oft fotografiert werden. Wie Suppenteller, Denkmäler und alles. Bei Dir sind sie einmalig. Du hattest Glück mit dem Wind, wahrscheinlich wieder so ein namentlich bekannter, vom Süden heraufkommender Tiefausläufer. Oder Reste eines Hurrikans. Der Nadelregen, der ist Kunst. Meine Baumbilder für die Ausstellung sollen hier aus der Nachbarschaft kommen. Ich fotografiere gern bei klarem Südwestlicht. Es ist wirklich verteufelt schwer. Ich packe den Augenblick nicht, wahrscheinlich weil ich nach Deinem Blick suche. Grüße Nancy und die Buben. Macht Euch bloß keine Sorgen wegen Weihnachten, und Du musst nicht jeden Tag Face Time machen, wir sehen uns wieder, wenn bei Euch Santa Claus kommt. Habt Ihr die Pyramide und die Lichterengel von Opapa schon aufgebaut? Denk daran, gleich einen Tropfen Fahrradöl unter den Laufkegel, sonst bleibt sie wieder immerzu stehen. Du weißt, das liegt nicht an den Flügeln oder an den Kerzen, die Figuren sind nicht zu schwer, nur aufpassen, dass nicht grade der Trompetenengel auf der obersten Etage steht. Der bremst mit seinem langen Instrument, und wichtig, das Öl. Hattest Du eigentlich beim großen Umzug das Bierdeckelbuch mitgenommen? Ich glaube, es müsste bei Dir in Kanada sein.

Träume sind wahr. Wenn man aufwacht, sind sie zu Ende, deswegen sind die bösen Träume besser als die guten. Einmal suche ich meine kleine Sylvia. Ein weitläufiges Terrain, in dem sie sich versteckt haben könnte, Schnee, wie ich ihn während der Flucht vom höchsten Alpenparkplatz aus in der Ferne gesehen habe. Jetzt unheimlich nahe. Gezoomt. Unmittelbar an mich herangetragene, lauter spitze, splittrige Gipfel. Hinter den Alpen kommt immer noch mehr. Es ist zwecklos. Ich überzeuge mich selbst, das trockene Eis zerbricht, Staub, die Suche muss endlich beendet werden, weil das ganze Gebirge ein Trug ist. Es ist falsch. Dumm. Nicht zeitgemäß. So will es der Traum. Kein Zweifel. Kein Schwanken. Wir sind uns einig, der Traumlenker und ich.

Ich muss tiefer blicken, durch die Wünsche hindurch, ich muss Farbe bekennen und immer die gehörige Zeit. Die Jahre.

Sylvia schläft. Sie sieht frisch und schön aus, zart, das Kopfkissen beiseitegeworfen, wie sie immer schlief, wenn ich mich über sie gebeugt habe, um sie zu wecken. Sisilala. Die Wolldecke. Nasi, das liebe Nashorn. Die bekannten Farben, die reine Wahrheit: in weißen Decken. Schlafaugen, Seidenwimpern, dunkelblonde Haarzipfel. Eine Puppe, ein schönes echtes Schaufensterkind im noblen Hotelbett, die Puppe ist meinem Kind wie aus dem Gesicht geschnitten, zum Verzweifeln ähnlich. Dieser Hotelaufenthalt, so erfahre ich von meinem Traumlenker, sei eine

Anordnung des Kanzlers, der sich meiner Familienangelegenheit angenommen habe. Ich füge mich, ich muss mich damit abfinden, dass ich das Emblem auf den Handtüchern nicht entziffern kann, das wäre für mich immerhin ein Anhaltspunkt, auf welcher Höhe des Gebirges ich mich befinde. Ich spioniere, um den Ort zu erfahren, den Namen des Hotels. Ich wage es nicht, empört zu sein.

Am Tage wusste ich es besser, ich war ihr begegnet, Sisilala, während mich der Traum im wirren Gelände herumdirigierte. Für einen Augenblick durch eine Lücke hatte ich ganz nahe ihren Atem gespürt. Ich hatte auch ihre Stimme gehört, hell wie sonst am Morgen, als könnte ich das Kind gleich in die Arme nehmen.

Lange vor meiner Zeit und den Kriegen und dem Automobil hatte die Buche im Forst der Könige einen Zwiesel gebildet. Mannshoch über dem Grund hatte sich der einst zierliche Stamm u-förmig geteilt. Fortan waren zwei Stämme zwillingsgleich nebeneinander in die Höhe gewachsen.

Darüber spannte sich schirmartig ein grünes Dach. Regendicht, nur Wolkenbrüche schlugen manchmal durch in den dunklen Grund. Wasser hielt sich in den silbernen Säulen und den dicken Wurzelarmen. Kein Licht, so dass nur im Frühjahr höhere Pflanzen gedeihen konnten, Scilla zum Beispiel. Im Sommer wuchs außer einigen jungen und drei schon älteren Buchensämlingen nichts mehr. Im Herbst zeigten sich eventuell Pilze, tellergroße Mehlpilze oder Zigeuner. Das bräunliche Laub blieb im Herbst unter der Krone liegen, es verrottete allmählich. Tiefhängende Zweige schützten vor Wind.

Der Hauptstamm mochte unterdes fünf Meter hoch sein, er könnte am Fuß einen Umfang von sieben Metern haben.

Die Höhe darüber ließ sich schwer schätzen. Die Parallelstämme waren in den vergangenen Jahrzehnten über die Kiefern hinausgewachsen. Die gemeinsame Krone breitete sich über die

Nadelbäume, sie zwängte sich durch das fremde Kieferngeäst. Das Wunderliche wurde man erst nach Jahren und erst im Winter gewahr. Die Stämme hatten sich nach vielen Jahren getrennter Himmelsstürmerei allmählich wieder einander zugeneigt. Sie waren sich ein paar Jahr sogar sehr nahe gekommen, ohne sich hinderlich zu berühren. So auf Stammfühlung, waren sie noch viel höher gewachsen, unschätzbar, in jeder Bedeutung. Dort oben hatten beide Stämme nach abermals vielen Jahren noch je einen Zwiesel gezeugt. Jetzt bildeten vier kräftige Astzinken, die paarweise parallel in die Höhe strebten, das Kronendach.

Die Gestalt der Buche hängt vom Raum ab, den die umstehenden Kiefern ihr gewähren, vor allem aber vom Licht. Das Licht kreiert die Form von Anbeginn, und immer bleibt das Dach in Korrespondenz mit den Wurzelfasern unter der Erde.

Kindern musste man dazu nicht viel erklären. Sie hielten das Ohr an den Stamm und wussten Bescheid. Sie hörten das Wispern. Assimilation. Dissimilation. Hoch und tief, das eine und immer auch das Gegenteil. Es passte dazu, dass die jungen Buchensämlinge unter der Traufe der alten Buche hin und wieder Signale empfingen. Wahrscheinlich mit Hilfe des Lichts. Mahnungen. Trost. Geduld sei das Wichtigste im Wald.

Manchmal waren es in den Revieren recht bejahrte Buchensträucher, hüfthoch, mannshoch, die immer noch als Anwärter standen. Es kam darauf an, wo sich einmal eine Lücke auftun, auf wen einmal das Licht fallen würde, aus welcher Richtung und wie viel.

Warten konnte schon das halbe Leben sein.

Der alte Buchenwald würde sich zu gegebener Zeit einmal öffnen. Dann würde es sich entscheiden. Aus dem geduldigen Strauch treibt bei nächster Gelegenheit ein kräftiger Schössling, alle Wurzeln leisten ihm nun besonderen Beistand, Hilfe, denn die Mächte des Lichtes, des Wassers und der Erde waren unterdes übereingekommen. Das wird ein Baum.

Und was war dem Baum außerdem als Erbe mitgegeben, wie viel hatte seine Umgebung, vielleicht ein Stein oder plötzliche Kälte, dazu Moos in der Triebachselhöhle oder ein in der Spitze nistender Vogel, besorgt? Vielleicht hatte ein Wurm geholfen, aus einem Rotbuchensingle einen Zwiesel zu machen.

Der Königswald war mein Revier. Brombeeren, Pilze, Holz für den Kamin, Bucheckern. Die aber nur selten. Die Buche brachte nur jedes siebente Jahr eine Mast. Gutes Bucheckernöl.

Ob ich Mitglied werden möchte?

Ich ließ den Mann am Telefon reden. Meine Jahre wollte ich nicht gleich als Schutz aufbauen. Ich nahm in der Straßenbahn ja auch nicht immer den angebotenen Sitzplatz. Ich war nicht jeden Tag tot. Manchmal hielt mich eine steife Hülle, ein Chitinpanzer, der war gut, aber da wollte ich raus. Raus aus der Puppe. Rumpf beugen. Beine heben, Fühler ausstrecken. Endlich Käfer. Das war bei den Insekten die Gestalt der Alten. Als Maikäfer oder als Schmetterling konnte man sogar fliegen, und das Eierlegen stand allemal noch bevor. Besser alt und beweglich als jung und lahm.

Will Frau Käfer ein Vereinsmitglied werden?

Beziehungsweise Gesellin in einem Club?

Denn der Verein sei in seiner Struktur eher ein Club. Und diesem Club, genau gesagt, erst einmal seinem Vorstand läge ein befürworteter Antrag vor. Die Mannschaft habe die Vorzüge der Kandidatin in etlichen Sitzungen ausführlich diskutiert.

Vorzüge?

Sie sind eine Frau, wir brauchen Frauen.

Na ja, Frau, das stimmt schon, aber doch nicht mehr die Jüngste, und eigentlich wollte ich keine großen Sprünge mehr machen.

Es ist kostenlos. Keine Beiträge. Und sogar eine Ehre. Nur wenn ein Mitglied ausscheidet, zum Beispiel stirbt, kann ein neues nachziehen. Frauen sind leider viel zu wenig unter den Mitgliedern. Eine einsame Frau wäre nicht schlecht.

Mit Einsamkeit kann ich leider nicht dienen. Ich bin unter Aufsicht.

Fest?

Ja. Auf mich passen Bäume auf.

Das ist ja genial. Darf ich fragen, sind Kiefern dabei?

Kiefern, Buchen und immer noch Kastanien.

Genial. Damit können wir jetzt aber unser aller wunschgemäßes Älterwerden mit guten Gründen etwas aus dem Fokus drängen.

Verdrängen?

Prioritäten setzen.

Das, lieber Vereins- oder Clubsekretär, geht aber nicht von heute auf morgen. Das stößt mich auf jahrelange Versäumnisse, die muss ich erst klären. Ich brauche Bedenkzeit, eine Gelegenheit, um aus anderen Vereinen und Organisationen auszutreten. Raus aus dem Filz.

Ich brauche Zeit, um aus den Resten eines Panzers beziehungsweise eines steif verfilzten Kokons herauszukriechen.

Es galt, aufzuräumen im Leben. Bücher, Kleider, Mitgliedschaften. Was man im letzten Stadium als fertiger Käfer nicht mehr brauchte.

In den Alpenverein war ich vor einer großen E-5-Wandertour eingetreten. Weil mir als Vereinsmitglied in einer Almhütte unbedingt ein Teller Suppe und eine Unterkunft gegeben werden mussten. In den Lechtaler Alpen zum Beispiel, wo die Memminger Hütte wegen eines schrecklichen Unwetters mit spanischen Schulkindern ums Doppelte überbelegt war. Draußen drei Tage lang Sturm, abwechselnd Schnee oder Regen, ich im Überlebenstuch hinter dem Kachelofen. Angst vor Gewitter, Angst um die spanischen Kinder. Keiner verlässt die Hütte! Im Keller neben dem Heizaggregat meine ausgestopften Schuhe, meine ganze Hülle und Habe.

Man hat mich einlassen und trösten müssen, weil ich im Alpenverein Mitglied war.

Für Flachlandunternehmungen hatte ich mich längst im Jugendherbergsverein angemeldet. Hinzu kamen meine Mitgliedschaften im Fitnessclub und bei den Freunden Italiens, bei denen der Dresdner Frauenkirche, des Stralsunder Aquariums, des Potsdamer Einsteinturms. Lauter Vereine der Freunde. Einmal, noch zu Mauerzeiten, bin ich einem Förderverein beigetreten, man förderte das Teltower Rübchen. Ich bin später sogar vom heimlichen Förderer zu einem ordentlichen gesamtdeutschen Mitglied erhoben worden. Es geschah in der Euphorie der Vorwendezeit. Die Grünen in Teltow hatten bereits in den Perestroika-Jahren unter dem Dach der Kirche ein Projekt gestartet. Sie hatten Stadtgeschichte aus den Archiven gekramt, das alte Stadtwappen, ein altes Buch über den Landbau. Angestachelt durch solche Sachen, wollten die jungen Grünen, Christen, Studenten, Arbeiter vom Reglerwerk die vergessene Rübchenkultur beleben, *auferstehen lassen*, wie sie es nannten. Ein altes Gemüse, bekannt durch Goethe, seine geliebten *Teltower Rübchen*, die er sich im Herbst von seinem Berliner Freund, dem Musiker Carl Friedrich Zelter, nach Weimar hatte schicken lassen. In Holzkisten, in Sand verpackt. Deutsches Gemüse. Von Teltower Feldern. Brassica rapa rapa. In der Neuen Zeit wurde die oppositionelle Gruppe zum legalen Verein, Land stand zur Verfügung. Die Enthusiasten blieben aktiv.

Wie meine Freunde des Vereins in Dresden, wo die Frauenkirche in wunderbarer Stetigkeit aus Trümmern wiedererstanden war, so konnte auch der Förderverein der Teltower Rübchen Erfolge melden. Das Gemüse war wieder da, auf Brandenburger Bauernmärkten und auf der Grünen Woche im ICC in Berlin. *Brassica rapa rapa teltowiensis*. In diesen Tagen war das wiederbelebte Gemüse sogar in die Arche des Geschmacks aufgenommen worden. Ein großes Kompliment für die Rübe. Sie hatte die vorgegebenen Kriterien korrekt erfüllt. 1. regionale Geschichte, 2. traditioneller Anbau und last but not least: guter alter Geschmack. Nicht alle Produkte dürfen sich teltowiensis nennen. Die überregionalen werden einfach nur als Rübchen verkauft, eine bärtige weiße Wurzel mit feinem rettichartigem Geschmack.

Ich meldete mich ab. In Teltow, Dresden, Stralsund und auch im Alpen- und Jugendherbergsverein. Mit Bedauern und dem dumpfen Gefühl, dass ich grade wieder einen Fehler in meinem Leben machte.

Manchmal genügte ein Anruf. Manchmal sollte ich mich schriftlich erklären. Auch gab es Fristen, die ich einhalten musste. Im Fitnessstudio hatte ich unterdes durch langjährige Mitgliedschaft einen Bonus. Noch mal überdenken, nichts überstürzen. In Ruhe entscheiden. Die junge Geschäftsführerin sorgte sich ein wenig um mich. Machen Sie halt den leichten Liegestütz und dazu die Käferübung, Rückenlage, Beine kreuzen. Kopf hoch!, aber auf die Halswirbel achten. Nicht aus-, sondern kürzertreten, das riet sie mir.

Methusalemgesellschaft, so hieß mein neuer Verein. Eine Zettelwahl hatte mich zusammen mit einem zweiten Kandidaten, einem jungen Pfarrer aus Spandau, zum Mitglied erhoben. Es war eine Ehre, kostenlos, aber mit Pflichten.

Wir Neuen wurden unverzüglich in das Methusalemprojekt eingeweiht. Man wies uns beiden auch gleich ein Objekt zu. Eine Pinus sylvestris, die höchste Kiefer im Land Brandenburg. Zu finden am Kalksee gegenüber von Binenwalde.

Ein Tagesausflug Richtung Norden.

Martin fuhr einen rüstigen grauen VW. Wir parkten an der Boltenmühle und wanderten quer durch den Wald zum See und weiter am Ufer entlang. Unsere Aufgabe, den Baum zu finden, zu beurteilen und vor allen Dingen nachzugucken, ob das Schild in zwei Meter Höhe noch leserlich war und fest am Stamm saß.

Martin hatte sich vom hiesigen Förster eine Skizze mailen lassen. Darunter stand Teufelsküche. Den Baum findet ihr in der Teufelsküche.

Man sieht ihm Alter und Höhe nicht an.

Wir fanden ihn schnell.

Die enge Mulde der Teufelsküche war ein guter Startpunkt für einen jungen Baum. Und auch später ein guter Ort, schwer ranzukommen mit Schlaggeräten, auch Pferde konnten hier schlecht Nutzholz schleppen. So wuchs unser Methusalem ungestört aus dem Tal in den Himmel. Es war wieder einmal kein Wunder, das Wunder, ein schlichter 41-Meter-Baum. Und immer im Wind. Die Krone rauschte. 51 Prozent verzweigtes Grün, bei einer kerzengeraden Schafthöhe von zwanzig Metern. Wirklich sauber. Und oben ein Specht.

Können Sie was hören?

Nicht viel, eigentlich höre ich nichts, aber das liegt an mir.

Martin stieg weiter bergan, um die Krone anzupeilen, um Fotos zu machen. Ich schaute in die stillbewegte Runde.

Eine Januarlandschaft in einem Jahr ohne Winter. Bräunlich, grau, dazu das stachlige Grün der Koniferen. Die Vegetation gehorchte ungefähr dem Jahreslauf. Die Birken wie immer in Eile. Schon im Saft und in weiblicher Knospe.

Für die Rücktour zum Parkplatz suchte ich mir einen Wanderstab, einen Buchenstecken, mit handlichem Knauf.

Der Weg führte uns dicht am Ufer des Kalksees entlang. Hier lag das Wasser wie Blei, grau und schwer, es war gewiss sehr kalt, immer sehr kalt, der See hielt konstante Temperatur in einem heißen Sommer wie in einem Jahr ohne Winter.

Hier müssten eigentlich Eisvögel leben. Ich habe noch nie einen Eisvogel gesehen. Nicht einmal an der Nagold, erklärte ich meinem Begleiter, dort leben viele Eisvögel, und auch ich habe dort über ein paar Wochen gelebt, einem Eisvogel bin ich nie begegnet. Wasseramseln ja, aber nie einem Eisvogel.

Martin kletterte über Bruchholz, das vom Ufer ins Wasser ragte. Ganze Bäume waren umgefallen. Dazwischen Binsen und Büsche. An einer Stelle hatten Biber eine Reihe Pappeln angespitzt, schlau in eine Richtung, so dass sie beim nächsten Wind in den See fallen würden. Da war schon ein Damm. Gestautes Wasser. Auch Martin hatte noch nie einen Eisvogel gesehen. Es wäre schön, wenn wir jetzt einen Eisvogel entdecken würden. Martin stand still, er lauschte, vielleicht hörte man den Vogel, seine seltsamen Rufe. Der Eisvogel hatte gewiss einen unverkennbaren Ruf. Mein Begleiter horchte auch gleich mit für meine müden Ohren. Nichts ließ sich hören, nichts blicken. Die Gegend war leer. Vogelleer. Menschenleer und trübe.

Martin war ein angenehmer Begleiter, zurückhaltend, er verlor nur Worte, die zur Sache gehörten. Ich merkte, dass er helfen wollte. Der betagten Frau. Er würde uns gern zu einem Eisvogel verhelfen. Er würde jetzt gern ein Entdecker sein.

Wieder blieb er stehen.

Haben Sie das gehört, khrit rit rit!

Khrit rit rit?

Ja, genau. Khrit rit rit. Hinter uns am Wasser wie aus einer Röhre. Khrit rit rit. Da hat er sich wahrscheinlich versteckt.

Der Eisvogel am Kalksee.

In meinem Ohr zirpten Grillen, ein feines metallisches Sägen, ein fernes Rasseln. Khrit, das hörte ich nun wahrscheinlich auch.

Jetzt ruft er dort drüben.

Martin zeigte, wo er jetzt khrit gehört hatte. Oder übersetzt aus dem Vogellatein ins Deutsche: Noah, wo bist du?

So etwas wusste der Pfarrer. Er erklärte es mir.

Noah hatte nicht nur drei Tauben, sondern auch noch einen Eisvogel losgeschickt, um nach festem Land Ausschau zu halten. Der damals unauffällig mausgraue Vogel war hoch in den Himmel geflogen, ins Blaue hinein, da hatte er seine Farbe bekommen, einen leuchtend blaugrünen Rücken und von der Sonne einen schönen, rostrot verbrannten Bauch. Hatte er Land gefunden?

Auf die Arche ist er jedenfalls nie zurückgekehrt.

Martin stand und lauschte. Hören Sie, unten am Wasser. Khrit.

Tatsächlich, wo Sie es sagen. Ich höre. Tatsächlich: Khrit. Noah, wo bist du? Ich schwang im Weitergehen meinen Stab.

Andere meinen, erzählte er hinter mir, dass es sich bei den Eisvögeln um Halbgötter handelt. Um das verliebte Paar Alkyone und Ceyx. Und wenn Alkyones Vater Aiolos, der Gott der Winde, gute Laune hat, beschert er den beiden für ihre Brutpflege kurz vor Weihnachten zehn windstille Tage. Die halkyonischen Tage. Frieden in stürmischer Zeit.

Ich hielt an. Ich schlenkerte das rechte Bein.

Es ist der Fuß, glaube ich, der tut weh, aber der Arzt meint, der Schmerz kommt aus der Hüfte.

Die nächste Bank ist unsere, sagte Martin.

Und da klopfte und wischte er auch schon die Nadeln und Blätter von einem sogenannten Waldmöbel, zwei wuchtigen Klötzen, darüber ein halbierter Stamm zum Sitzen, ein rohes Brett zum Anlehnen.

Sie sind ein guter Kerl, sagte ich. Familie?

Teils, teils, nicht, wie Sie das verstehen. Ich bin mehr in einer Wohngemeinschaft, weil wir eine große Wohnung haben wollten, die aber für uns viel zu teuer gewesen wäre. Wir sind jetzt grade vier Erwachsene und sieben Kinder, ein Junge ist mein Sohn, und zwei Mädchen gehören auch noch zu mir, es sind Kinder von meiner Frau. Ich habe noch einen Sohn, schon zehn Jahre alt, der lebt mit seiner Mutter in Frankreich. Die beiden anderen Erwachsenen, zwei Frauen, haben vier Kinder. Die zwei Jungs, Zwillinge, sind grade nicht bei uns.

Wo sind sie denn?

Ich glaube, beim Vater.

Vor uns schlanke Kiefern. Bäume, sonst nichts. Wald, könnte man sagen. Kiefernwald.

Der junge Pfarrer neben mir auf der Bank erzählte von den Feiertagen, die noch nicht ganz überstanden und aufgearbeitet waren, dienstlich und privat. So was können Sie sich nicht vorstellen. Zu Hause der Streit um die Kinder und in der Gemeinde die Versorgung der Obdachlosen.

Er schielte, sein Blick ging unstet die Böschung hinunter. Wo Kümmernisse geisterten. Ich reichte meine Blechschachtel mit Ingwerbonbons. Er saß nicht mehr neben mir wie ein Pfarrer in Freizeitkleidern, er sah eigentlich wie ein Lump aus, die Jacke und der Pullover aus der Kiste, nicht aus dem Kleiderschrank, nicht einmal vom Haken. Abgelatschte Turnschuhe jetzt im Winter.

Ach, ich verstehe das schon. Ich hatte die Hand auf den Ärmel der abgewetzten Jacke gelegt, als wenn ich ihn trösten wollte.

Er musste die Hand nicht abschütteln, ich nahm mich sofort zurück. Er runzelte die Stirn.

Da ist bestimmt immer Leben in der Bude, sagte ich.

Und ob. Er klappte das Handy auf. Fotos. Ich nickte zu den wechselnden Kinderköpfen, Selfies, Martin und eine Frau, eiförmige Gesichter, auch die afrikanische Familie, die zum Jahreswechsel in der Wohngemeinschaft zu Gast war, braune Eier mit glänzenden Augen. Ich erkannte nur Umrisse. Ohne Brille war ich aufgeschmissen. Meine Augen, die Ohren. Die Hüfte, die den rechten Fuß schmerzhaft lähmte.

Ich dachte an Matti, und ich wünschte mir sehr, dass drüben in Kanada alles beim Alten wäre, die Kinder, Mama Nancy und Papa Matti, alle unter einem Dach unter Engelsflügeln. Ich würde jetzt am liebsten telefonieren, skypen oder facetimen. Ich bin im Wald, mir geht es gut. Ich habe euch lieb, ich befehle euch Wohlergehen. Ich gestatte euch keinen Streit.

Martin steckte sein Handy ein. Ich hatte meine Brille gefunden, wir prüften unsere Aufzeichnungen. Der brandenburgische Methusalem hatte in 1,30 Meter Höhe einen Umfang von 221 Zentimetern. Ist das viel?

Es ist normal.

Mein Begleiter diktierte für den Tagesbericht, den ich auf mich genommen hatte. Wie viel Schaftholz mit Rinde? Messung mit Laserdendrometer. LEDH-Geo mit Stativ. Meine Augenlider flatterten. Überschrift: Methusalemprojekt. Optoelektronisch nach trigonometrischem Prinzip, das heißt immer drei Visierrichtungen zum Stamm.

Ich nickte. Ich nickte heftig, weil ich nicht wegnicken wollte.

Immer drei Visierrichtungen.

Ich nickte nicht mehr. Ich gab im Schlaf einen Kommentar.

Bäume, die nicht angetastet werden dürfen, sie stehen unter unserem Schutz, bis sie von alleine umfallen. Bis sie eines natürlichen Todes sterben. Wie unter Friedrich II., da hieß es schon einmal, *dass wir die Größten Exactitudes observieret wissen wollen*.

Unser Baum war 160 Jahre alt.

Alt?

Der kann noch dreimal so alt werden. Ich hörte die Stimme neben mir. Im Halbschlaf fing ich die Worte, dazu ein fernes Bild, einen fremden Traum. Ich träumte einen süßen fremden Traum. Schändlich, ich war in dem fremden Traum eine Diebin.

Wer träumte denn so was von mir?

Wer winselte? Hunde, ein alleingelassener Hund? Das waren nicht die anderen im Traum, das war nun wieder ich. Ich winselte, weil die Kräfte mich in Ruhe ließen. Sie ließen mich sausen, sanft, wo ich einmal hinwollte am Ende. Vernehmliches Winseln.

Martin rückte auf der Bank, er stemmte mich von seiner Schulter, verlegen, aber fest entschlossen, er schob die Brille auf meine Nase. Die Spucke wischte ich mir allein vom Kinn. Ingwerbonbons. Ich habe dafür ein weißes fein umhäkeltes Taschentuch.

Habe ich lange auf Ihnen draufgelegen?

Kaum zehn Minuten.

Jemand behauptet, er hat mich beim Kirschenklauen erwischt.

Das haben Sie geträumt.

Kann sein. Es war kein schlechter Traum. Ich war jung, barfuß, die Fußsohlen brannten, hüfthohe Brennnesseln. Wasser war in der Nähe, wie hier der Kalksee.

Wenn Sie von früher träumen, kommen dann Sachen aus dem Osten in Ihrem Traum vor?

Na ja, Kirschenklauen zum Beispiel, Rucksackwandern und auch mal Stalin. Das kommt schon mal vor. Stalin als Jägersmann. Die Rote Armee hatte das Land von Hitler befreit, und Stalin liebte den Wald. Er war Schirmherr der Waldschutzgürtel. In der Stadtbibliothek hing eine riesige Wandtafel mit den stalinschen Wäldern. Acht Waldgürtel. Ganz Sibirien ein Wald. Ich habe mich früher weit weg von zu Hause mitten in die Wildnis hineingeträumt. Wenn mich einer gefragt hätte, ich wäre sofort in die Sowjetunion gegangen. Ich hätte mitgemacht. Immer an der frischen Luft, Bäume pflanzen, damit die Erde schön und fruchtbar wird und jeder satt. Von dort wäre ich wahrscheinlich nicht wiedergekommen. Denn beim Bäumepflanzen kam es auf ein Menschenleben nicht an. Auch nicht auf hundert. Das erfuhr ich aber erst später. Das hörte ich nicht von den deutschen Antifaschisten, die den Krieg und das Bäumepflanzen in der Sowjetunion überlebt hatten. Sie waren mit strengen Pflichten nach Hause gekommen. Als Helden des Widerstandes und als Garanten des Friedens. Sie machten weiter, wie sie es im Exil unter Stalin gelernt hatten. Wer nicht für uns ist, ist gegen uns. Ich war für den Wald und für die Antifaschisten, trotzdem wurde ich zum Störenfried, zu einer Gefahr im Atomfrieden. Die Grenzmauer war hoch, die Sicherheitskräfte gut formiert. Wer Freunde für immer verlässt, kann nie mehr froh werden.

Und jetzt? Haben Sie Angst?

Um mich nicht, aber um Matti und um Sie, mehr noch um die Enkel, die Generation, die sich aufteilt in Lebensverächter mit Sprengstoffgürteln, mal da, mal dort, überall auf der Welt, in einem Waldgasthaus oder in einer Autofabrik. Rums, gibt es Tote, Chaos, eigentlich Krieg.

Und die anderen?

Die erfinden teure Medikamente, um das Leben eines achtzigjährigen krebskranken Mütterchens zwei Monate zu verlängern.

Das sagen Sie. Als wäre das was Schlechtes?

Weil ich nicht verstehen will, dass Medikamente so teuer sein müssen. Warum hat man die Tablette nicht sofort nach der Zulassung jenseits des Marktes platziert? Wer sie braucht, soll sie bekommen. Meist steckt da ja gar nicht viel drin, weder Diamantenpulver noch Kostbares aus spaltbaren Elementen. Nur Forschung, also gewusst, wie und was zusammengerührt werden muss. Ich fürchte, das ist wieder eine Möglichkeit, sich maßlos zu bereichern. Lebensverachtender Fanatismus und Gier. Manchmal kommt sogar beides zusammen: zum Beispiel beim Gebrauch und der Produktion von Waffen. Es gibt mehr Schießgewehre als Bäume.

Solche Reden, auch noch während der Autofahrt durch die gemächlichen brandenburgischen Nester, dann auf dem schnellen Zubringerring. Schnell unter Herzklopfen und Sorge, vielleicht Heimweh, meine Erklärung:

Ich bin froh, dass ich einen Eisvogel gehört habe.

Das ist doch was.

Ich war auf der Hut, ich bestimmte die Strecke. Schnell, korrekt, ich wollte nach Hause, dahin, wo ich hingehörte. Die Jacke, die Tasche längst auf dem Schoß. Jetzt rechts, noch zehn Meter, stopp.

Martin hielt auf dem Sandstreifen. Wir stiegen aus.

Da kräht ja ein Hahn, sagte er.

Beim Nachbarn, erklärte ich.

Ein Hahn in Berlin. Martin lachte.

Wissen Sie, wie Sie jetzt fahren müssen?

Ich nehme die kurze Strecke am Wannsee entlang, Charlottenburg. Heerstraße. Kein Problem.

Er überlegte, vielleicht noch an seinem Gemeindeamt vorbeizufahren. Die schriftlichen Sachen zum Methusalemprojekt hätten Zeit. Ostern werde er in Nikolskoe predigen.

Da komme ich hin.

Wirklich? Na dann, bis nächstens.

Bis nächstens. Und Achtung, rechts abbiegen. Links gehts nach Potsdam.

Der graue VW fuhr nach dem Wendemanöver an mir vorbei. Ich winkte. Der Berliner Hahn krähte.

Die Angst lauerte. Die Schlüsselangst. Nicht die Angst, über die ich unterwegs kumpelhaft mit dem freundlichen Pastor gesprochen hatte, die normale Angst vor Gefahren. Die andere Angst, die Heimkehrangst, wartete auf mich. Sie hatte vielleicht schon im Auto neben mir gesessen. Jetzt, wo er losgefahren war, wo ich allein war, packte sie zu.

Ich stand mit kleinem Gepäck, der Jacke, dem Wanderstock, den ich vom Kalksee mitgenommen hatte, vor der Haustür. Den Schlüssel zur Wohnungstür hielt ich in der Hand. Ich brauchte ihn nicht, denn ich hatte nicht zugeschlossen. Ich schloss nie zu. Ich drehte den Knauf. Das Schloss schnappte auf.

Ich wollte vor Freude sterben, jedenfalls umfallen. Das hatte ich mir vorgestellt oder vorgenommen. In mir hockte eigentlich immer die Angst zu vergessen. Vergessensangst oder Angst, am falschen Platz zu sein. Ich war überhaupt unfähig, viel zu unkonfirmiert für das Glück. Gott müsste mich auf der Stelle bestrafen, denn ich müsste nicht mehr an Gott glauben, weil er sich auf grausam beseligende Art beweist. Gott ist nicht tot. Niemand ist tot. Vielleicht sterbe auch ich nicht, vielleicht falle ich auf die Knie. Ganz bestimmt, ich falle auf die Knie.

Wenn ich die Angst nüchtern bedachte, sah ich schwarz, ich musste schwarzsehen, weil ich keine Vorstellung für eure Wiederkunft hatte. Ich sehe euch, wie ihr in den Kombi gestiegen seid mit dem vielen Gepäck. Blechkisten. Kameras. Sylvi mit einer neuen Sonnenbrille unter dem Schirm der Baseballkappe. Als wäre sie schon in den Tropen.

Ich hatte unendlich viele Geschichten für euch, die mir meine Angst erlaubten, denn ich ahnte, Angst war die einzige Hoffnung.

Es waren nur wenige Schritte; wenn ich im Flur an der trockenen Zimmertanne vorbei war, wusste ich nicht, ob ich immer noch hoffte. Ich kam nach Hause. Ich bin da. Ich bin es bloß. Ich, Mama. Meli. Melina Weiss. Ich riss erst einmal alle Türen auf. Küche, Veranda, Bad, Gästebude, die Tür zum Zimmer, wo mein Bett stand, zum Zimmer mit Sofa und neuem Kamin. Das Türaufreißen war allerdings nur noch ein Spleen, das hatte nichts mehr mit Hoffnung zu tun.

Niemand wusste, dass ich nach Schicksalsberichten im Internet suche. Gisela nicht, nicht mal Matti.

Ich googelte in meinem Kopf, auch im Netz und in den Nachrichten. Fand Berichte von Leuten, die aus fernen Ländern erst nach vielen Jahren, erst nach Jahrzehnten wiedergekommen waren. Die Verschollenen berichteten von wahnsinnig guten Gründen. Vom schweren Weg nach Hause. Von einem Tropenmediziner wurden nach Mitternacht im Fernsehen zwei Wolfskinder vorgestellt.

Einmal nachts hatte ich meiner Suchmaschine zwei Wörter

verraten. Oman Banane. Ich war süchtig geworden. Inzwischen kannte ich den Weg, vorbei an den Kochrezepten, den Vitamintabellen eines Ernährungsinstitutes, den unzähligen Reisefotos, der Schulbotanik für die 7. Klasse, vorbei an der Sigatoka-Krankheit. Ich kannte den Weg nach Indien und wieder zurück. Immer wieder war mir ein staubiger Dorfplatz vorgestellt worden. Bambushütten. Palmen. Eine Shell-Tankstelle. Ein Nest namens Halut. Ich entdeckte den Geländewagen der Forschungsstation. Ich machte die Bekanntschaft von Raschid. Raschid, das war der Mann, der den Film über die Oman-Expedition im Auftrag der Akademie bisher begleitet hatte. Ein braungebrannter Mann kam eilfertig aus dem Schatten einer Hütte, er lächelte, er wickelte sich beim Gehen den Turban um seinen Kopf. Sylvi und Werner neben dem Jeep. Eine lange, herzlich stumme Begrüßung. Darauf stiegen sie ein, der Jeep fuhr los.

Ab nach Umq-B'ir.

Es war eine Reise durch Sternennebel. Galaktische Räume.

Niemand verbot mir die Nachtstunden am Computer, den Start mit den beiden Wörtern. Niemand verbot mir die lange herzliche Begrüßung, die Endlosschleife, die ewige Umarmung, das unbekümmerte Lachen, das Schulterzucken von Sylvia, Werners heiteren Handschlag gegen die Windschutzscheibe. Bis zum Schwarzwerden. Den Kopf neben dem Bildschirm, schlief ich ein. Eine Sucht. Ich schwamm. Ich ertrank. Ich musste mich retten.

Niemals mehr mit Hilfe der Suchmaschine diese letzten Bilder. Ich wollte die Suchwörter vergessen, die raffinierten Möglichkeiten, ich wollte nicht mehr wissen, wo sich die fernen Daten versteckten, vergessen den Zugriff, den kürzesten Weg, genauso wie den langen Weg über die vielen Zwischenstationen.

Ich verschenkte das alte Notebook.

Der Suchmaschine im neuen Rechner zeigte ich den Weg in die heiße Tropensonne nicht mehr. Ich verheimlichte ihr und mir meine Sehnsucht. Die Türen alle offen. Das Gästezimmer war Werners Bastelbude. Die Fotoapparate und Kameras hatte Matti mitgenommen. Ein geschnitzter Bergmann von der Firma Weiss, Schneeberg, ein Steiger, 150 Jahre alt, stand für die Enkelbuben auf dem Fensterbrett. Die beiden Räume oben gehören längst zu der anderen Wohnung im Haus. Oben, das waren einmal die Kammern der Kinder. Unten, die offenen Türen, ein Spleen, offene Wunden.

Ich ging ins Haus, stellte die Sachen hin, zog die Schuhe aus.

Ich sah das rote Blinken am Telefon. Ich holte in Gartenlatschen mit einem Emailletopf Wasser aus der Regentonne, damit goss ich die Zimmertanne und die anderen Pflanzen außer der Clivia, die musste noch eine Weile trocken bleiben, die hatte ihre Trockenzeit, sie stand seit August ohne Wasser, es gefiel ihr so. Sie begrüßte mich. Sattgrün, mit schmalen frischen Wintertrieben aus dem Herzen heraus. Bevor ich zum rotblinkenden Telefon ging, tippte ich Martins Predigtdatum in meinen Notebook-Kalender. Ich wollte es nicht vergessen. Ostern Nikolskoe. Mir fielen so schnell die Ereignisse aus dem Kopf, besonders das, was heute war. Eisvogel. Methusalem. Schöne Gegend am Kalksee.

Eine Frauenstimme vom Band des Telefons. Versuche den ganzen Tag, Sie zu erreichen, ich erbitte Ihren Rückruf. Senat. Kulturverwaltung. Ein unverständlicher Name, dazu eine lange Berliner Nummer.

Weil kein Rückruf erfolgt war, lag nun ein Brief im Kasten. Ein gepflegter Brief in kostspieligem Umschlag. Senat. Kulturamt, und dazu stand Gisela vor der Tür.

Frühlingswetter, rief sie, die Flüchtlinge vertreiben die Kälte. Drei Barfußkinder vom Balkan auf dem Alexanderplatz, wo ich diesmal umsteigen musste. Der Winter fällt aus.

Schön wärs. Sagte ich. Wozu brauchen wir Alten den Winter.

Ich feuerte trotzdem den Kaminofen an. Aus Stimmungsgründen. Die Mehrzweckgläser und Weißwein. Wir waren beide vom Rotwein zum Weißwein übergegangen. Ich trinke lieber Weißen. Ich auch, sagte Gisela. Hast du nicht sonst immer Roten getrunken? Stimmt, aber jetzt trinke ich lieber Weißwein. Ich trinke jetzt auch lieber Weißen. Warum? Weil es besser ist, weil mir beim Weißwein nicht so heiß wird. Genau. Mir wird bei Rotwein jetzt auch immer heiß, deswegen lieber Weiß. Also beide Weiß. Also beide keinen Roten. Denn bei Rotwein steigt die Hitze. Man sieht aus wie ein Affenarsch. Willst du wie ein Affenarsch aussehen.

Und Methusalem?

Man kommt rum. Neulich habe ich im Wald Schicksal gespielt. Ich musste in einem Revier bei Wismar eine besonders edel gewachsene Buche aussuchen, die kein Nutzholz werden soll, sondern ein geschützter Methusalem. Ich glaube, ich muss da noch mal hin. Gott hat es nicht leicht, merke ich.

Wir betrachteten die munteren Flammen, die hinter der Glasscheibe zuckten. Nicht immer brannten die Scheite, zog der Ofen so gut. Es knackte, es wummerte, eine Flammenspirale floh hoch in den schwarzen Schlund.

Ach weißt du, sagte Gisela, eigentlich darf ich gar keinen Wein trinken, denn es hat sich doch wieder was gezeigt.

Das gefällt uns aber gar nicht, sagte ich.

Ich rückte das Alpenveilchen vor das Weinglas. Ich kochte Tee. Rooibos aus Südafrika, direkt von der Kapregion, mit natürlicher Zitrone.

Also wieder die Lunge oder die Lunge nicht allein, auch noch woanders. Gisela hatte die Befunde gelesen, sie hatte gegoogelt.

Nein, sagte ich, Gisela, googeln, das darfst du nicht.

Ich warf die Papierservietten ins Feuer, Schachteln aus dem Papierkorb, kostbare Einladungen zu Kosmetik-Präsentationen und auch den feinen Senatsbrief. Ich suchte die Zeitung, in der ich das mit den neuen Medikamenten gelesen hatte. Nicht für Gisela, ich wollte es selbst noch einmal lesen oder das Zeug verbrennen. Wir tranken Tee und dann wieder Wein, die ganze Flasche Weißwein. Absolut, bis zum letzten Tropfen.

3
Die neuen Seniorengäste

Die neuen Seniorengäste konnten in dieser Saison nicht in den Wohnflügeln des Haupthauses untergebracht werden. Die Räume für die Alten wurden immer noch renoviert. Die Bücher der Bibliothek lagerten in Kisten. Das Vestibül mit dem Goldfischbecken war Abstellplatz für allerlei Handwerkszeug. Auf dem Sockel in der Mitte fehlte die Muschel mit der schönen Galathée. Die Goldfische schwammen in Badewannen.

Eimer mit Seerosen standen vor dem Portal.

Ausfallen durfte die Seniorenehrung nicht. Die beiden Kandidaten waren von den Bundesländern längst nominiert und umgehend in würdigen Kuverts benachrichtigt worden.

Jeweils zwei Länder hatten das Recht, einen Kulturschaffenden in die geschätzte vielberedete Institution nach Rom zu schicken. Sie oder er sollten nicht mehr die Jüngsten, dazu ein bisschen verdienstvoll sein, und sie oder er sollten, um den Einigungsprozess zu fördern, aus einem alten und aus einem neuen Bundesland kommen. Die Kombination hatte sich bewährt. Damals mit den beiden Gästen aus Mecklenburg und Meckenbeuren zum Beispiel.

Das Haupthaus, die Villa in Rom, war so in den Jahrzehnten nach der Einigung erst recht zum guten Ort geworden.

Die Regel Ost – West musste jetzt nicht mehr streng genommen werden. Den echten, in der Wolle gefärbten Ost- beziehungsweise Westler konnten die Kulturämter kaum noch ausfindig machen, ebenso mühsam war es, Kandidaten mit populären Verdiensten zu fischen. Das lange, oft randständige Leben als rechtschaffener Musenmensch, einstiger Lyrikredakteur, engagierter Hochschuldozent musste genügen.

Dagegen sollten die normalen sogenannten Stipendiaten eigentlich nicht über dreißig sein. Förderung junger Talente, das war das Grundanliegen, die Hauptbestimmung der von den Länderfonds und vom Berliner Senat gestützten Stiftung. Auch das war kein Dogma mehr. Unter den talentierten Startern tauchten immer häufiger Grauköpfe auf, sogar Fünfzigjährige galten als junge Künstler.

Die wahrhaft Alten traten nicht mehr hervor. Im Erscheinungsbild keine deutliche Trennung mehr.

Seniorengäste. Ehrengäste. Eine Erfindung, die einmal notwendig gewesen war, um bei den Länderbehörden die sinnvolle Nutzung des Haupthauses nachzuweisen. Die Gelderzuordnung hatte alle überzeugt. Aber die Praxis brachte Probleme. Das Haupthaus war marode. Seit Monaten wurde renoviert.

Und grade während dieser Zeit hatte der Winter trotz Erderwärmung im mediterranen Italien ziemlich heftig zugeschlagen. Das hatte niemand vorhersehen können. Die Handwerker blieben und sanierten sehr sorgfältig mit öffentlichem Geld.

Kaum eine halbe Stunde lag zwischen der Ankunft der beiden Neuen.

Die Hilfskräfte, Praktikanten, wie sie offiziell hießen, Neger, wie sie sich selber nannten, hatten Blumen, einen Korb mit Früchten, auch ein Paket Schreibpapier in die Unterkünfte der Alten gebracht. Alles war sauber und schön. Besonders schön war der Park in dieser Jahreszeit.

Es war Mai.

Ole, einer der Praktikanten, karrte den Kofferwagen mit dem Gepäck vom Haupttor des Parks, erst das eines warm angezogenen übernächtigten Herrn, der mit dem Nachtzug und Taxi sein Ziel erreicht hatte, ins normale Atelier A und eine halbe Stunde später das überraschend wenige Zeug, den gebührenfreien Koffer, die Kabinentasche einer Frau, die mit der Alitalia aus Berlin angereist war, ins Atelier F.

A und F, die Unterbringung galt als Notlösung. Bequem, modern, mit Andeutung neuester Technik und neuen Klavieren. Wie manchmal in der Not war die Lösung womöglich viel schöner, als es der ordentliche Ort hätte sein können.

In den Ateliers entlang des Parkweges wohnten die richtigen Stipendiaten, Musiker, Maler, Formgestalter, Fotografen, Objektkünstler, Klangexperten, Dramaturgen, Designer, Dichter, Drehbuchautoren, Stückeschreiber oder Texter. Dieses Jahr gab es sogar einen Zirkuskünstler. Einen wahren Artisten. Der allerdings grade Abschied genommen hatte. Ein ständiges Kommen und Gehen. Arbeiten und flüchtiges Kennenlernen.

Auf dem Rasen unter Pinien und Phönixpalmen durften die Gäste Frisbee und Federball spielen. Ohne Leinen, ohne abgesteckte Spielfelder. Das Areal sollte ein denkmalgeschützter Villenpark bleiben, so wie der Architekt ihn für den Bauherrn angelegt hatte, als verkleinerte Kopie eines Schlosses, das einmal als vergrößerte Kopie eines römischen Landhauses für Prinz Karl am Rande von Berlin gebaut worden war. Genauso sollte es bleiben, Kopie der Kopie, mit Lorbeerkübeln, Orangenbäumen, kleinen Boskettbeeten, verstreuten Bänken. Rankenden Gewächsen mit glänzendem Laub. Überall Rosen in voller Blüte, dazwischen Marmor, dekorativer Säulenbruch. In Sichtachsen Skulpturenfragmente. Entlang der Wege zierliche Engel, drei Göttinnen in einem Rondell, eine marmorne Gärtnerin mit Krug in der Mitte eines Blumensterns. Bemooste Sockel, darauf Marmorkugeln, und der Duft von Orangen, Blüten und reifen Früchten, beides zugleich. Südliches Leben. Melina Weiss spazierte im Parkgelände. Sie hatte aus einem Atelierhaus Trompetentöne gehört oder den Jammer eines anderen Blasinstrumentes. Sehr viel Einsamkeit, man musste sie nicht suchen. Die Stipendiaten arbeiteten wahrscheinlich zu dieser Stunde. An diesem Ort gab es Rituale. Zeiten des Verschwindens. Essenszeiten in tiefer Nacht. Schlafenszeit bis in den hohen Mittag hinein.

Sie wäre am liebsten barfuß gelaufen, quer über die Wiese, weil das gewiss erlaubt war, sicher war noch viel mehr erlaubt, nicht alles, aber gewiss Fußekühlen im Bassin. Sie hob einen Federball auf, der im Gras herumlag. Sie stülpte den Federball auf das Marmorhorn eines Satyrs, spazierte weiter an der mit Folie umhüllten Villa, dem sogenannten Haupthaus mit Repräsentationsräumen, Bibliothek, Verwaltung, Seniorenwohnungen, vorbei, weiter unter Pinien bis zum Hain vor der Umfassungsmauer im Nordosten des Parks. Über die Philadelphusbüsche schwappten die Geräusche der Stadt, fremde singende Hupsignale. Eine italienische Feuerwehr. Glocken.

Genauso habe ich mir Rom vorgestellt.

Romschwalben über mir und unten auf der Wiese römische Stare.

Und reife Orangen. Ein Paradiesgarten. Garten im Garten. Ein spalierartig umwachsenes Rondell, mindestens mannshoch, von verzweigten Ästen überdacht. Dunkles Laub, wie es im Liede heißt. Reife Früchte, rotgoldene Orangen, faustgroß und süß. *Keine Tasche am Leib, kein Ränzlein ist mein, ach, wo tät ich in der Fremde für euch was hinein.* Es ist das Lied vom Vetter Starmatz, vom Jakob in der Fremde.

Es war Mundraub.

Der Saft floss über ihr Kinn in den Ausschnitt und leider auch auf das Kleid, das Romkleid, das die anhängliche Kumpanin Gisela um den Hals herum raffiniert verändert hatte. Sie hatte auch gleich die Ärmel herausgeschnitten und recht getan. Süden. Du glaubst es nicht. Dreißig Grad im Schatten und das am späten Nachmittag.

Genauso habe ich mir Rom vorgestellt.

Der Ostsenior hatte sich eine reichliche Stunde in einem breiten Bett, nicht zu weich, nicht zu hart, wirbelsäulenfreundlich, ausgeruht, er hatte ein leichtes Shirt aus dem Koffer gekramt.

Nun hatte er schon ein paar Fotos in diesem wohldekorierten Gelände aufgenommen. Reichlich Marmor, fast ein bisschen zu viel, zu viel griechischer Busen, zu viel Hüfte und steifes Tuch, dazu das Licht des rötlichen Nachmittags. Die Luft wie Seide. Die korrekten Schatten der Palmen und Pinien auf dem gutgewässerten Rasen. Er fotografierte mit einem kleinen, nicht mehr neuen Apparat, einem Sony Super Steady, mit Carl-Zeiss-Vario-Tessar. Er glaubte an Carl Zeiss und auch an Jenaer Glas. Ostprodukte. Die Linsen und Objektive hatten nichts mit dem alten politischen Osten zu tun, nur mit Reinheit und Güte. Er fotografierte die Ateliers am Wege, die Perspektive. Ein früherer Stipendiat, einer aus der westlichen sogenannten Apo-Zeit, hatte die Ateliers in einem Gedicht großkotzig *Wilhelminische Hühnerställe* genannt.

Er ging in der Mitte des Parks, in der Mitte des Hauptweges. Im Süden sieht manches anders aus. Zum Beispiel der Schatten. Besonders der Schatten. Seine Gestalt in weiten leichten Hosen, Shirt, Fotoapparat. Er lenkte eine hagere, rechthaberisch staksige Hopfenstange an seiner Seite. Er wanderte, wechselte die Richtung, sein staksiger Schatten und noch ein zweiter Schatten, der auch zu ihm gehörte. Die Schatten zögerten. Als wollten sie verweilen. Stopp, keinen Schritt mehr. Die Hopfenstange hatte befohlen. Der Herr gehorchte. Siehe das Rondell, den Rundbogen. Genau das Motiv. Ein südlicher Abend. Ein nordwestlicher Blick. Orangen unscharf, schwimmend, in rötlicher Sonne.

Scusi, Signora. Und dann, als sie sich umdrehte, das Gesicht, die Lippen, triefender Saftmund. Das Haar. Die Hände hielten eine ruppig geteilte Frucht.

Perdono, scusi, Signora.

Beim Orangenklauen erwischt. Das Herz schlug erschrocken,

erwischt. Gleich am ersten Tag. Und dann geschah es, dass es für beide zu spät war, zu spät zur Flucht, für die betagte Diebin und den alten Parkwächter, zu spät zur Flucht und zum Verkennen. Der saftige Klumpen klatschte auf die Erde zu den anderen verfaulten Früchten und Blättern. So begegneten sich herumirrende Geister unverhofft in einer schattenwerfenden Laube oder in einem Pavillon oder in der geweissagten Ewigkeit, einem Schicksalsort, den man nicht mehr für möglich gehalten hatte.

Zappzarapp. Du Luder, du Weib, zappzarapp, sabrali. Der Alte kasperte russisch, theatralisch. Onkelmitbringsel aus den Gefangenenlagern in Saratow an der Wolga. Zappzarapp. Verlegener Kinderwortschatz, das ging wie ein langsames Aus-den-Wolken-Fallen, weich, immer hin und her, jetzt und früher, zwischen heute und der Zeit, wo die Liebe grade aus heiterem Himmel auf uns heruntergeprasselt war.

Diebin, erwischt. Ich kenne dich, und wie ich dich kenne.

Ein stilles Wetterleuchten.

Er reichte der safttriefenden Diebin ein großes, ordentlich gefaltetes Stofftaschentuch. Er hatte sie gleich erkannt.

Wie das riecht. Mela hielt sich das Tuch unter die Nase.

Ururalt.

Das kann nicht sein. Er nahm das Tuch, schnupperte kritisch. Pino Silvestre, weich männlich, mit viel Harmonie. Vielleicht ein bisschen zu viel in der Eile, weil ich das Nachmittagslicht ausnutzen wollte für ein paar Parkaufnahmen.

Fotografierst du auch? Und mit so einer alten Fotokiste. Nachmittags hat das Licht viel zu viel Rot.

Orangendiebin.

Darauf fiel ihnen nichts mehr ein.

Bitte nicht auf meinen Schatten treten. Immer nur kindisches Zeug.

Wir könnten, so sprachlos, wie wir sind, russisch miteinander reden. Das haben wir damals gelernt. Dermaleinst. Bei den Fortgeschrittenen im Aufbaukurs. Du warst gut, du hattest Vorkenntnisse und Hilfe durch einen Russlandheimkehrer. Zappzarapp. Tschto delatj? Was tun. Du warst Tschernyschewski oder der junge Gogol, jedenfalls liefst du eine Zeitlang rum wie ein Russe. Im Russenhemd. Wie ein vorrevolutionärer Dekabrist.

Das weißt du noch?

Es war vor unserer Zeit.

Mindestens ein Jahr vorher.

Gib mir noch mal dein Taschentuch.

In einem Steintrog wusch sich Mela die Hände. Sie zog das nasse Tuch über ihr Gesicht. Die Orangendiebin unter einer kühlen Maske. Eine Rettung.

Denn die Wahrheit, die bricht uns das Herz.

Fünfzig Jahre, so viel Zeit. Und dazu diese lange Schrecksekunde. Es ist besser, wir gehen jetzt ein Stück. Oder bist du nicht mehr gut auf den Beinen?

Dein Haar?

Hell, weiß, blond, weißblond oder nicht? Asche, ich sage, Asche. Und deins? Dunkel wie einst, aber dünn. Und du hättest, wenn du die Borsten nicht wegkratzen würdest, bestimmt einen weißen Bart. Einen dünnen weißen wie ein alter Chinese.

Lass uns nach Hause gehen. Ganz nach Hause.

In ein Parkwächterhaus.

Kannst du wenigstens noch ein richtiges Scheusal sein? Wenn du das kannst, das wäre schön. Bleib stehen. Rechne noch einmal.

Hundert Jahre durch zwei plus zehn. Das kommt hin.

Uns ist seltsam Unheil widerfahren. Jetzt und in der Zeit.

Zum Beispiel die Augen. Sie sind kleiner geworden, tiefer gesunken, braune Perlen in wässrigen Grübchen. Bleiches Grau. Aber sie erkennen immer noch den silbernen Glanz auf dem Rücken der Stare. Das Gelb der Rose, sogar den Mehltau auf dem Laub und die Stacheln am Rosenholz.

Es sind Ausstülpungen der Epidermis. Mela in kindischem Eifer, bevor sie sich auf die Zehenspitzen stellte, um die Erscheinung süßsauer zu berühren, die Wange, mit süßsaurem Apfelsinenmund.

Fast ein Kuss, höflich, mit gelindem Schreck. Was fällt dich an, was fällt dir ein. Stacheln am Rosenholz.

Die Ruh ist wahrscheinlich hin.

Es wurde Zeit für Sachen, die sonst noch drängten. Nach so einer Reise, an so einem Abend. Konsequente Körperverpflichtungen, Magnesiumbrause gegen Wadenkrämpfe, lauwarmes Wasser und Kautabletten. Man versprach, sich morgen am gleichen Ort wiederzusehen. Gleiche Stelle, etwas besser in Form als heute.

Mela pflückte noch zwei Orangen.

Für dich!

Thomas Falkenhain versuchte, ohne auf seinen Schatten und seinen Schweiß zu achten, endlich eine kumpelhafte Umarmung. Als wollte er trösten. Du liebe Zeit, Mela, was trägst du für ein verschossenes Kleid. Hat Gisela gemacht. Du kennst doch Gisela.

O ja. Gisela, das war mal eine.

Die Verabredung, morgen, gleiche Stelle, konnte nicht eingehalten werden.

Der Chef der Accademia hatte für 18 Uhr zur Tafelrunde bestellt. Alle sollten teilnehmen, unbedingt auch die neuen Alten. Ihnen galt das Spektakel. So wollte es der Jahreskalender. Es gab feste Termine.

Die Tafelrunden mit Catering auf Kosten der Stiftung fanden sonst immer im Vestibül der Villa statt.

Für diesen Abend hatte die Sekretärin einen Tisch bei Bruno und Enrico reservieren lassen, es war gleich hinter der Parkmauer an der Grenze zum neuen Rom, wo die Pracht aufhörte und die Bequemlichkeit aus Plattenbauten begann. Die gute Pizza bei Bruno und Enrico war kein Geheimnis. Der Wein, die Krüge auf den Tischen. Der Laden war immer voll. Die Bewohner der Hochhausquartiere kamen mit Großfamilien, auch nachts noch mit kleinen Kindern. Für die Accademia die nächste und beste Gelegenheit.

Die Senioren wurden an den Stirnseiten platziert, längs des Tisches drängten sich die Stipendiaten, hungrig, durstig, missgelaunt, weil kostbare Zeit in Rom verläpperte. Neben Mela klemmten rechts und links junge Künstlerinnen, in Hörweite der Doktor Chef. Doch man musste schreien, um gesellig zu sein. Falkenhain hielt den Kopf schief, die Hand am Ohr. Mela nickte höflich, sie lächelte und fühlte sich strohdumm. Kaum Italienisch, schlecht Englisch, mit fiependem Stöpsel im Ohr.

Der Doktor Chef, ein langer, dünner Fünfziger, etwas genervt von den Jungen und erst recht von den Alten, sprach, hob das Glas, er trank, ohne anzustoßen, er fing einfach an, es war eine Begrüßungsrede. Dann wandte er sich an Falkenhain, er bat beziehungsweise verlangte eine Auskunft. Wer, was, Werdegang und warum in Rom.

Warum ich in Rom bin? Genau das möchte ich auch gerne wissen. Darauf hob er das Glas zum Oberlicht im Saal, also gen Himmel.

Der Chef zuckte die Achseln. Die Stipendiaten lachten. Mela sah, Thomas Falkenhain war ringsherum recht gut aufgehoben. Er hing schräg, suchte Bequemlichkeit auf seinem harten Stuhl. Kopf schief, Hand am Ohr. Einige hatten ihn schon erkannt, seinen behaglich finsteren Sinn. Besonders eine junge Frau, die sich von ihm einschenken ließ, bitte nur Wasser.

Kinder krakeelten unter den Tischen. Bruno und Enrico brachten Weißbrot und frische Krüge. Grazie. An den Nebentischen wurde ein Lied angestimmt. *Tanti auguri a te.* Mela musste nun in dem hoffnungslosen Spektakel etwas Eigenes mit eigenen

Worten zum Besten geben. Ihr war, als würde neben ihr eine Stimmgabel zirpen. Darauf die erste Geige, dann ein Engel und schließlich ein schalltoter Raum.

Es war die Stille in ihrem Kopf.

Gestern hätte sie sich noch umdrehen können, hinter sich rufen. Ich bin es nicht. Mein Herr Parkwärter, Sie müssen sich irren. Ich habe weder Orangen geklaut noch ein anderes Geständnis abzulegen. Du bist es nicht. Du erkennst mich nicht. Ich erkenne dich nicht. Ich bin eine andere.

Ich heiße Melina Berta Weiss, Berta nach meiner Großmutter, die meisten nennen mich Mela. Auch ich habe keine Ahnung, warum ich in diesem Augenblick hier bin und nicht woanders.

Der alte Clown am Ende des Tisches hob den Zeigefinger. Darum. Hier sitzt der Grund, die Ursache und der Beweis. Er legte die Hand gleich wieder hinter das Ohr. Es säuselte in der Ferne. Er erkannte ihre Stimme, wie gestern, wie damals, unter tausend anderen Stimmen hätte er Mela erkannt. Immer noch schlesisch. Das weiche Lala.

Die ersten Jahre habe ich in einem Dorf gelebt. Ich kann mich an die Wiege erinnern, an Bienenschwärme, Bombenflieger und Bäume und an das Dach aus Stroh. Ich erinnere mich an die Fluchtwege, an den einen über die Neiße und den anderen über die Adria. Ich habe zwei Enkelkinder, die Familie meines Sohns lebt in Kanada. Ich hatte eine Tochter. Sie könnte längst Mutter erwachsener Kinder sein, vielleicht Großmutter und ich Urgroßmutter, sie war mein Kind, unser Kind, die geliebte kleine Schwester. Achtzehn Jahre alt, da wurde sie zusammen mit ihrem Vater während einer Expedition im Oman-Gebirge unter einer Felswand begraben. Die Wand hatte sich zwischen zwei zentrifugierenden Wasserfällen wahrscheinlich schon während der Regenzeit gelöst oder durch Höhlenwasser, der Felsen war ins Rutschen gekommen, erst unmerklich und dann in Minuten, wie auf Befehl.

Sylvia und ihr Vater wurden nicht gefunden. Nie. Die Botschafts- und Standesämter entschieden. Die Papiere sollten die Wahrheit sein. Wie denn?

Mela hörte ihre Stimme, als würde sie einen Text diktieren. Gegen den es keinen Einspruch gab. Niemand durfte widersprechen oder nachfragen oder trösten. Sie schlurfte im Schlamm. Keine Erklärung. Wie denn?

Eine Felswand erklären. Schlamm.

Trostworte waren nach so vielen Jahren nicht angebracht. Wer hören wollte, konnte hören. Es wurde das Menschenmögliche getan.

Bruno und Enrico schlichen zwischen den Tischen. Die Gäste gaben Zeichen, sogar das Kinderlachen war verstummt. Kirchenstille. Wortklang.

Die Seniorengästin predigte hart, als schlüge sie Nägel ins Holz, das Menschenmögliche und zum Verständnis einige Details, wissenswerte Fakten über Tropical Race 4, die Krankheit der Cavendish-Banane. In Taiwan hatte es angefangen, dann wurden Plantagen in Asien von Tropical Race überfallen, es folgte der Sprung nach Australien, nach Jordanien, Mosambik. Cavendish, so heißt die Ernährerin in den Supermärkten und in den Ländern, wo die Staude mit dem Scheinstamm wächst, es ist die Banane, die im Osten das aufrührerische Symbol für eine bessere Welt war. In der Kaufhalle Bananen plus Reisefreiheit. Cavendish stirbt durch Tropical Race. Doch versteckt im tropischen Gebirge, wächst eine andere Art, Musa acuminata, wild und kostbar wie ein Edelweiß und wahrscheinlich resistent gegen Tropical Race. Gene von Musa acuminata könnten der Cavendish helfen. Das wäre die Rettung.

Thomas Falkenhain klemmte nun an Melas Seite. Er orderte Wein, unbedingt Wein.

Die Pizza wurde direkt aus dem offenen Ofen über die Köpfe und die Stille hinweg auf die Tische geschaufelt. Sie purzelte vom

Holzblatt auf die Teller. Enrico ist ein Akrobat. Bravo, Enrico, danke, Mela.

Dürfen wir mal mit der Kamera zu Ihnen kommen? Stipendiaten, zwei Absolventinnen der Münchner Filmakademie, klemmten sich neben Mela. Sie witterten ein Reisesujet, nichts Leichtes, leider wahrscheinlich kein Thema für ein A-Festival, aber man weiß ja nie.

Der Chef, Doktor Hans Zepp, spürte, dass er einen Fehler gemacht hatte. Er musste für Zusammenkünfte eine andere Lösung finden. Die neuen Senioren einzeln zum Tee einladen. Der kauzige Falkenhain nannte ihn Doktor, ohne Namen. Er war Doktor der Kulturwissenschaften und als Präsident zuständig für eine Accademia. Der Amtstitel Präsident schien nicht ganz in Ordnung, aber auch nicht richtig falsch zu sein. Es kam nicht darauf an. Er misstraute den deutschen Alten, den deutschen Kriegskindern, die jetzt ziemlich laut Gräber für ihre Knochen und ihre Ideen vom Ewigen Frieden suchten. Sie waren unberechenbar. Anspruchslose, rechthaberische Clowns. Unwiderlegbare Beweise. Argumente erübrigten sich.

Die Stipendiaten nannten ihn Chef oder beim Vornamen, Hans. Er hatte Schmalhans, Hensok oder Hansli gehört und überhört.

Seine nächste Sorge galt der großen Matinee, die eigentlich eine Soiree war, weil sie jedes Jahr an einem Sommerabend stattfand. Sie sollte unbedingt im Haupthaus ausgerichtet werden. Man musste sich mit Dekostoff und Oleanderkübeln was einfallen lassen. Das Rohe, die Leitern, die Wannen mussten verschwinden. Mit den Wegen musste etwas geschehen. Das Programm werden die Stipendiaten bestreiten müssen. Außerdem wollte Dr. Zepp den Seniorengast bitten, eine halbe Stunde über Mathematik und Melancholie zu referieren. Albrecht Dürers Erkenntnisse über die ebenen Kurven, über geometrische Transformationsverfahren und den Aufbau zentralperspektivischer Bilder, erkannt, publiziert, aber warum so wenig selbst angewandt. Die Grenzen der Ratio. Das hatte er von Falkenhain in den Abhandlungen der Leopoldina gelesen. Melina Weiss könnte in nämlicher Kürze etwas über Bananen, über Wälder, über einen Bananenwald zum Vortrag bringen. Etwas Unterhaltsames für unser römisches Publikum. Dr. Zepp wartete auf Vorschläge seiner Mitarbeiter. Es hatte Zeit. Der Sommer war lang, fast ewig. Er freute sich auf den Winter im Engadin. Skifahren mit Gottfried.

Mela hatte den Sprung gewagt, vom Atelier F zu A.

Und so war es geblieben.

Sie trafen sich jeden Tag in seinem Quartier. Auf seinem Bett. Ausgestreckt, nebeneinander auf dem Rücken liegend, wie Romeo und Julia. Wie in einer Inszenierung, wo man auf der Bühne noch Kostüme trug. Mela in weißem Hängerkleid mit luftigen Schmetterlingsärmeln, Thomas in Hemd und Leinenhosen, hellgrau, hellbraun. Sommerlich. Eine gewagte Besetzung des klassischen Paares. Frustrierend. Komisch, aber nicht zum Lachen. Als würde die fünfte Szene niemals mit dem Getriller einer Lerche enden.

Hoch über ihnen spannte eine rissige weiße, interessant belebte Zimmerdecke. Fremde Käfer, hauptsächlich kleine flinke Spinnen. Neben der Liegestatt ein Teller mit mundgerechten Apfelsinenscheiben, die Trinkgläser, die Wasserflasche.

Zwei Paar Antirutschturnschuhe auf der Matte.

Manchmal begegneten sich ein großer nackter rechter Fuß mit einem kleineren linken, manchmal fanden sich Hände, oder Finger berührten das andere Kinn, die Stirn, ein Ohr, die Haare, den Körper, wo Haut war, unverwandt den Blick zur Decke gerichtet. Wo sich im Putz die Muster fügten.

Bilder, die sich überschnitten und verrieten. Ein Rennrad, eine Friedenstaube. Und später?

– Wo warst du grade, als die Mauer fiel?

– Was würden Menschen machen, wenn sie sich immer aufeinander verlassen könnten?

– Man müsste trotzdem warten.

– Wenn Newton heute leben würde?

– Der würde sich die Entdeckung der Schwerkraft patentieren lassen.

– Und du müsstest für jeden Schritt bezahlen.

– Oder Sigmund Freud.

– Alles Vergessene lebt, es kann wiederkehren, wie es war oder in einem anderen Kostüm.

– Das ist gefährlich.

– Aber besser als regloses Erinnern.

So ungefähr. In vollem Ernst. Das Vergessene lebt.

Nur die Stipendiaten haben andere Sorgen, nur die anderen haben wenig Zeit. Wir leben. Nichts ist schwerer zu ertragen als eine Reihe von Feiertagen. Spruch von Tante Hildegard. Tante Hilde war im Krieg. Sie half als Blitzmädel in Lettland Gräben schaufeln.

Gräben oder Gräber? Bei Schwerhörigkeit entscheidet das Gehirn je nach Laune. Riesen. Wiesengrund. Barfußlaufen, Bienenschwärmen. Viel Nachkrieg, viel Teilung, viel Improvisation. Gespielte Wut. Du pfiffig. Ich ergriffen. Ohne konfirmiert zu sein. Trotzdem, wir machten Fastenfahrten.

Irre Tage. Wir hielten Autos an. Ziel Kap Arkona oder der Hexentanzplatz und der Brocken oder Leipzig. Da warst du aber schon im Paradies.

Dahin kommt man, um vertrieben zu werden.

Drei, vier Stunden bis zum Abendessen hielten die Seniorengäste ihre Filme aus. Es wurde kühl, die Dämmerung trieb Nachtinsekten an die Decke.

Und das ist unser Happy End.

Morgen ist auch noch so ein Tag?

Mela machte Hüftschule nach Professor Horstmann. Sie hatte zu Hause damit angefangen. Auf einem Bein stehen. Augen zu. Propriozeption setzt sich aus Stellungssinn, Bewegungssinn und Kraftsinn zusammen.

So viel Sinne.

Sie hatte im Sportshop in der Via Nomentana zwei Hanteln, zwei gelbe Bänder (light), dazu einen Gummiball gekauft. Ein Set. Und Schutzgel für die Zähne. Und zwei Dolci, Schokoladenriegel, gefüllt mit Marzipan.

Mela zahlte aus Prinzip mit Karte.

Falkenhain zahlte lieber mit Papier. Nicht weil er ein alter Esel war, sondern aus Gewohnheit, und das wollte er auch in Rom nicht ändern. Also machte er sich auf, um ein Stück Papier von der VG Wort bei der Banca di Roma zu Geld zu machen.

Vorrei riscuotere quest'assegno. Einlösen. Ich möchte einen Scheck riscuoteren.

Zuversichtlich, er repetierte, riscuotere, riscuotere.

Er trug die schwarzen Antirutschturnschuhe, das geladene Handy in der Hosentasche, so war er eigentlich recht gut vernetzt und auch auf Draht, ein ausgeschlafener Mann, der Teufel war es, der ihn am Eingang zur Banca di Roma trotzdem in eine Falle tappen ließ.

Kein rotes Licht, ohne Warnsignal.

Der vigilante Falkenhain steckte in einer Röhre, er klemmte fest in einem Mumiensarg, eng, schalldicht und fast ohne Sauerstoff.

Die Röhre war aus Panzerglas.

Die neue Pforte zur Banca di Roma. Flucht unmöglich. Mutwillen erwünscht. Er trat von einem auf den anderen Fuß, leicht und sicher, und genauso leicht und sicher tippte er seinen Geburtstag auf ein Zahlentablett und dann noch seinen pfiffigen Geheimcode 1001, schließlich war da noch vor seiner Nase das Schema einer rechten Hand. Er legte seine drauf, in gläubiger

Erwartung. Geduld, mehr fiel ihm jetzt nicht ein. Sieben Minuten hoffen, nach sieben Minuten klickte die programmierte Panzerglasröhre leise in Richtung Piazza auf. Immer wieder nach sieben Minuten. Immer draußen, nicht drinnen.

Nach sieben Versuchen mal sieben Minuten, Handauflegen, verschiedenen Zahlen, nicht geschlagen.

Falkenhain beobachtete die flinken Römer, die Römerinnen in roten Sandaletten, zierlichen Stiletten. Er lag in seinen Antirutschturnschuhen auf der Lauer. Ein alter Spanner, der dem Jahrhundert und der Fremde auf die Schliche kommen will, unbedingt, er war angewiesen auf den VG-Wort-Scheck, die Anteile für Radiosendungen, Bilderbücher, Zeitschriftenaufsätze, er war angewiesen auf die Banca di Roma, das hiesige Verfahren. Er brauchte Geld in Rom für sein Leben und seine alte Liebe.

Mela. Melancholia. Man ist so alt, wie man sich fühlt. Sei ehrlich, Alter. Er war ja nicht besoffen oder auf den Kopf gefallen. Er sah, Handauflegen, Zahlenkombinationen genügten nicht. Sein Geburtstag war hier nicht gefragt. Schließlich die Erleuchtung.

Es war ganz einfach in Rom, er hatte den Trick endlich einem Römer abgesehen. Wer hier zu Bargeld kommen wollte, musste vor Eintritt in den Mumiensarg die Hosentaschen entleeren, Klappmesser, Einkaufsbeutel, Bleistift, Kamm, am besten alles. Auch die Tabletten und die Kekse. Und Revolver, so man hat. Alles gehörte in ein Schließfach und dann wie vorher: Turnschuhschritt, leicht und locker in die Röhre, Falkenhain hielt den Scheck zwischen den Zähnen, unerschrocken Handauflegen.

Complicare. Eine Donna hinter einem Tresen lächelte dem Mann, der dem Mumiensarg im Schalterraum endlich entstieg, mitfühlend entgegen.

Riscuotere. Assegno 1450 Euro.

Was kost' die Welt.

Falkenhain kaufte Gladiolen. Er lud die Blumenhändlerin, eine liebenswürdige Türkin, zum Espresso ein, gleich hinter ihrem Stand neben dem Teatro Vascello.

Due espressi.

Tedesco?

Absolute, aber inzwischen ziemlich zu Hause in den Gassen von Rom.

Er schleppte die Blumen vom Gianicolo in verschiedenen Buslinien, über etliche Umsteigestationen. Zum Schluss mit dem Zweiundvierziger bis Nomentana. Er trug die Gladiolen geschultert. Für Mela.

Die Torflügel zum Park standen offen.

Ein Spezialfahrzeug für Piano-Transporte hatte am Morgen einen Flügel vom Musikeratelier quer über das Kiesplateau zum Haupthaus gebracht. Mit einer Hebebühne war das Instrument unter nervöser Anteilnahme des jungen Musikstipendiaten ins Vestibül gehievt worden. Es war der Stipendiat, der besonders viel Post bekam, dem man zu bestimmten Zeiten im Park begegnen konnte, immer im Eilschritt, schräg voran, mit verrutschten Hosenträgern, Papiere zum Kopieren oder Faxen oder Briefe in der Hand. Ein ruheloser Junge, der Starstipendiat.

Die Gärtner, die Haushandwerker und die Assistenten hatten zu tun. Blaue Säcke standen herum. Folie verhüllte das Baugeschehen, ein grünes Netz lag dekorativ über dem fast fertigen Bassin. Stühle und Tische wurden herbeigetragen. Das Ereignis kündigte sich an.

Etliches hatte im Jahresablauf wegen der Renovierungen ausfallen müssen. Die Nachbarschaft vermisste die Aufführung neuer deutscher Filme. Jetzt sollten Villa und Park wenigstens notdürftig, aber doch mit Buffet und Programm und ein bisschen illuminiert per il popolo geöffnet werden. Die Accademia zeigte Verbindlichkeit.

Der Chef hatte Einladungen in der Umgebung verteilen, reichlich Briefe an Freunde des Hauses verschicken lassen. Das Programm stand fest. Erstens Begrüßung, dann Vorstellung der neuen Stipendiaten und Senioren und, als Knaller, die Präsentation ebenjenes Musikstipendiaten aus Frankfurt an der Oder. Eines Hochbegabten, der im Herbst in Berlin als Pianist mit seinen eigenen Kompositionen auftreten würde. Heute sollten neue Werke zur Aufführung kommen, Musikstücke für Klavier, Flöte und Cello. Titel: *Fixe Idee*, *Atemlos*, *Gerusalemme*, aus der Folge für Hämmerklavier, daraus die Teile eins bis zehn. Zum Schluss noch ein Flötensolo. *Unter dem Eindruck der ersten vier Nächte mit Tita.*

Der Gärtner harkte die Kieswege. Alles für einen perfekten Abend. Fackeln, Windlichte vom Tor bis zur Treppe. Dann musste der Gärtner noch einmal zu seinem Spezialgerät greifen, einer langen Stange mit flachem Bastkorb, am Rande des Korbes drei eiserne Haken. Eine ersoffene Taube, schon wieder, im Lilienbrunnen. Und Wespen im Vestibül. Der Haushandwerker trug Maske und Schutzanzug, auf dem Rücken die Sprühkanone, damit nebelte er gleich noch gegen Flöhe, Fliegen und Mücken. Man sollte nun Haustiere fern und Fenster und Türen geschlossen halten. Die jungen Musikanten, das Genie und die anderen, schlichen trotzdem zum Üben ins Haus.

Die Zeit drängte.

Hoch über der Stadt zogen Wolkenfetzen. In den Albaner Bergen verschwand murmelnd, flackernd ein regionales Gewitter.

Die Gäste der Accademia näherten sich auf dem Hauptweg in kleinen lebhaften Schwärmen.

Der Park galt als Oase im nordöstlichen Rom, nie langweilig, auf jeden Fall gesellig. Manchmal konnte man streiten oder die Achseln zucken. Man wurde eingeladen und kam.

Wie alle Welt gerne in Berlin wohnte, so lebten die Deutschen gerne in Rom. Auf dem fackelgesäumten Weg und am Fuße der

Treppe trafen sich alte Bekannte, die Regenschirme trocken, zugeklappt, das Grollen in der Ferne galt nicht mehr.

Es dauerte seine Zeit, ehe das Haupthaus geöffnet wurde. Endlich von drin ein letzter Flötenquietscher. Das Portal flog auf, die Schwärme schoben sich plaudernd treppan, man übersah die Schutzfolie, die Mühe. Die Improvisation.

Es war wie immer.

Der Doktor hielt sich nicht ans Programm, er ließ die Präsentation der neuen Senioren beiseite, er stellte gleich den heutigen Mozart vor, dazu Flöte und Cello, zwei junge Frauen.

Den kleinen Aufschub bat er zu entschuldigen.

Wie immer verspäteter Start.

Das Publikum war auf etwas Aufrüttelndes vorbereitet, so was wurde erwartet. Mela hatte seitlich in der Nähe des seltsam zugerichteten Pianos einen Platz gefunden. Es war ein aufgeklappter Flügel ohne vordere Blende, im Klangraum auf den Saiten lag wie vergessen lauter Handwerkszeug. Fuchsschwanz, Winkelmaß, Zwingen. Falkenhain saß irgendwo, bestimmt in einer redseligen Mitte, wo er mit seinen Ohren nur die Hälfte verstehen konnte.

Mela war dankbar, dass sie nichts sagen musste, sie war müde, das Insektengift hing in der Luft, die Nase war wie zugeschraubt. Auf der Stirn kalter Schweiß, Salzgeschmack auf der Zunge.

Der Musikstipendiat taxierte fünf Schritte entfernt das Pianogerippe, Freund oder Feind, er gab sich ein Zeichen. Sprung und Ziel. Vor den Tasten stehend, leicht gebeugt, Zehnfingersystem. Er traf, und wie er traf, präzise steinhart, dann zögernd, mit Pausen, wie Hagel, wie Regentropfen. Genauso präzise trat sein Fuß einen Eimer. Klirren, verklingen. Kalkulierte Ratlosigkeit. Entführung. Er trat wieder gegen den Eimer, zerriss Papier und ein rotes Laken. Es war, als legte das Gewitter der Albaner Berge jetzt hier im Saal erst richtig los. Knittrige Folie zerriss im Sturm, vernichtend, frech und laut.

Mozart kämpfte. *Hämmerklavier. Gerusalemme.* Der Hosenträger rutschte von seiner linken Schulter. War er schief gewachsen? Die dunklen Haare fielen glatt, nass in sein blasses Gesicht über die schiefen Augen. Er hatte seine Jacke zu dem Zeug in den schwarzen Kasten geworfen. Er griff in die Saiten. Er wühlte, warf ein Sofakissen und Löffel. Er fuhr mit einer Fleischgabel über die Saiten, dann kratzte er mit den Fingernägeln, pochte zwischendurch ehrgeizig auf Holz.

Klopfen, schlagen, kratzen. Was ein kühnes Herz vermag.

Das geht, dachte Mela. Das ist eine Vorstellung und ein Wille. Ein Seiltanz. Hoffentlich stürzt der Bube nicht ab, dachte sie, und schon fiel er auf die Knie, doch statt zu beten, kramte er unter dem Pedal eine Schneiderschere hervor. Er sprang auf, richtete den linken Hosenträger und hob die Schere.

Siegfrieds Schwert. Er machte eine kleine Verbeugung.

Mela erlebte noch die Flötenspielerin, die zwischen ihren Lippen gleich zwei Flöten spielen konnte. *Unter dem Eindruck der ersten vier Nächte mit Tita*? Dann gab es seitlich einen kleinen Tumult. Die alte Ehrengästin sackte in sich zusammen. Praktikant Ole und ein Arzt aus dem Publikum, der Melas Schnappatmen schon eine Weile beobachtet hatte, schleppten sie ohne Aufsehen hinaus. Das Programm wurde euphorisch zu Ende gebracht. Der junge Musiker, Komponist, Pianist wurde gefeiert.

Er reißt Horizonte auf.

Falkenhain meinte: Pianisten sind immer noch Gladiatoren. Er fühlte sich an die Blochmannstraße in Leipzig erinnert. Dort gab es auch solche Leute. Erst später am Buffet vermisste er Mela.

Mela. Melina. Melancholia.

Mela war krank. Sie lag nicht im Bett, sie verließ sogar manchmal das Atelier, unsicher, weil sie fürchtete, der Schwindel, der sie während des Konzertes überfallen hatte, könnte wiederkommen, die Schwäche.

Schwer zu beschreiben, sagte sie. Wie besoffen, als hätte ich zwei Gläser Wein zu viel getrunken. In der wilden Ecke des Parks hatte sie einen handlichen Stock abgebrochen und glattgeschnitzt. Damit spazierte sie nun in guten Stunden, las die Schilder unter den Koniferen, notierte sich Namen. Thuja orientalis. Linnés Nomenklatura. Es war ein Behelf am Rande ihrer Interessen. Sie führte kurze Gespräche mit den jungen Nachbarn und mit den Angestellten.

Der Gärtner hatte von seinen Sorgen erzählt. Überall würden uralte Palmen gefällt. Ein hässlicher Wurm vermehre sich oben im Palmenherzen. So werde wohl die Palme verschwinden, wieder heimgehen nach Libyen, wo sie vor Jahrhunderten hergekommen war. Gedolmetscht hatte der neue Mozart. Er hatte anteilnehmend zugehört, mit heruntergerutschtem Hosenträger. Der Junge aus Frankfurt/Oder, der nächstens in Berlin auftreten würde. Er sprach perfekt italienisch. Aus bescheidenem, etwas schrägem Mund. Angeboren das Talent, das Italienisch, das schräge Lächeln und die Musik. Mela hätte sich gern nach seinen Eltern erkundigt. Mutter und Vater, die existierten hoffentlich gesund, gar gemeinsam als zufriedene Menschen im alten halben Friedensjahrhundert. Es musste von ihnen keine Rede sein. Cuore di palma, Palmenherz, das wollte Mela sich hinter die Ohren schreiben. Sie vergaß so viel. Wusste keine Erklärung, warum die Palmen, warum die Kastanien, warum die Bäume wieder nach Hause gingen.

Ole brachte in einem Korb alles, was Mela haben wollte. Wasser. Tomaten. Weißbrot. Tee. Tabletten gegen Schwindel und Salbe gegen Muskelschmerzen. Er hatte das Postfach geleert. Ein Brief aus Königs Wusterhausen und ein dicker Brief aus Kanada, das Neueste und Fotos von der Familie zum Hinstellen. Ins Regal oder auf den Schreibtisch oder auf das Klavier. Ole entschied. Auf das Fensterbrett die beiden Enkel.

Du bist mir gleich aufgefallen, sagte Mela, gleich am ersten

Tag. Du könntest ein Seniorenstift gründen, das stelle ich mir schön vor.

Ich nicht. Ole wirtschaftete in der Küche. Er kochte Tee. Einen dritten Brief hatte der hiesige deutsche Doktor geschickt. Laborwerte recht erfreulich, alles in der Norm, auch die Ultraschalluntersuchung der Halsschlagader zeigte ein Profil, das dem Alter gemäß war. Beste Grüße.

Es war an der Zeit. Einfach Freude.

Man sah Falkenhain den Weg von seinem Atelier herüberkommen, aufrecht, so nahm er wie ein alter Friedensfürst die Parade der Lorbeerkübel. Er winkte über die Wiese zu den Federballspielerinnen.

Ich glaube, da kommt Besuch.

Wieder Gladiolen, sagte Mela. Ihre kleinen tiefen Perlenaugen strahlten.

Sie suchte eine bequeme Lage auf dem Zweisitzer, die kribbelnden Füße, die schwachen Beine unter der leichten Decke. Ole stellte die Teekanne und zwei Becher auf den Sofatisch.

Kann ich noch was tun?

Einfach verschwinden.

Ole verschwand mit Mülltüte, Flaschen, Zeitungsbündel. Jeder konnte sehen, wie sich die kranke Donna Melina den Besuch herbeigewünscht hatte.

Seniorengäste mit gesundheitlichen Problemen gab es oft, Schenkelhalsbrüche, Infekte, Wetterfühligkeit. Es gab Senioren, die sich vertrugen, die sogar nach einiger Zeit echt befreundet waren, aber so was hatte Ole noch nicht erlebt. Verschworene, wie Bruder und Schwester, so ungefähr, das vierte Mal Blumen und Moccagelato. Der würde jetzt eine Weile bleiben.

Falkenhain setzte sich zu der Kranken. Das ließ das Sofa zu, wenn Mela sich krumm gegen die Rückenlehne drückte. Er beugte sich, nahm ihre Hände und küsste die Finger.

Ich bin froh, sagte Mela.

Falkenhain berichtete, wo er überall war in Rom. Noch einmal mit dem zweiundvierziger Bus bis S. Pietro, da habe er einen Platz auf einer Bank gefunden, wo die vier Säulenreihen so hintereinanderstanden, dass du alle Säulen als eine einzige Reihe nimmst. Woanders nicht. Nur da, wo ich stundenlang gesessen habe.

Mela schloss die Augen, sie fühlte in ihrem Gesicht seinen Blick. Sie spürte eine leichte Berührung, sein Finger malte ihre Augenbraue, eine Zeile auf der Stirn. Es war gut, dass er weit- oder kurzsichtig war. Feine weiche Schleier, wunderbare Trübnis.

Mela hörte seine Stimme, es tönte wie in den früheren Wäldern, so schrecklich einvernehmlich, so nahe.

Ich weiter, mit Bus und zu Fuß. Vor Santa Maria Maggiore lag ein Mann auf der Straße. Jemand kniete neben ihm, es war ein Samariter mit einem Kreuz auf der Jacke, er schielte zum Himmel, während er den Puls fühlte und die Sekunden zählte, als sei dort oben eine Uhr.

Ich bin dem Samariter noch einmal begegnet. Im Schnellimbiss, da hat er einen Espresso und einen Schoko-Dolce genommen. Ich habe dasselbe bestellt.

Danach bin ich nur noch gelaufen, kreuz und quer, lange und kurze Straßen, Ecken, von einer zur anderen. Es war eng und still geworden, Gassen mit alten Toren, Einfahrten für Pferdefuhrwerke, in denen feine Autos parkten. Mit mir spazierte ein getigerter Kater, sonst nichts. Kein Mensch. Trotzdem befand ich mich immer noch im Zentrum von Rom.

Hinter Perlenvorhängen Wein, Waschpulver, Windelquader, Vicos Tabacchi. Daneben, eigentlich überall, aber leider von niemandem gebraucht, kleine Werkstätten, wo man Bilderrahmen machte. In jedem Kellerzugang, in jedem Torbogen verstaubte Rahmen. Rahmen. Rahmen für Spiegel, für Fotos, lauter leere Rahmen. An einer Hausmauer lehnte ein Gerüst, Wachsblumen, Goldkugeln, silberne Bänder, frische Rosen.

Es war die Stelle in der Via Michelangelo Caetani, wo der rote Renault abgestellt worden war, im Kofferraum der ermordete Aldo Moro. Deshalb immer wieder die Blumen und die Goldkugeln und Bänder.

Das war so ein Winter in Rom, wo Christen und Kommunisten mal was Vernünftiges anfangen wollten, richtig was für die Leute. 1978, im langen eigentlichen Leben. *Avanti popolo, … bandiera rossa*. Leonores Lied. Das Schuhputzlied. Los, mitsingen. In der Badewanne, Leni kannte alle fünf Strophen und zum Schluss: *Evviva il comunismo e la libertà*.

Falkenhain hatte das tief aus der Brust kommende Seufzen überhört. Mela schluchzte, weil das eigentliche Leben rief, weil damals niemand fehlte. Nicht einmal der blühende Apfelbaum, die Glückskatze, der Fernsehapparat mit den Spätnachrichten.

Werner hatte mit den Kindern auf dem Sofa gelümmelt, er hatte laut zu ihr in die Veranda gerufen. Sie haben ihn in einem Kofferraum gefunden, sie haben ihn nun doch umgebracht. Vermeintlich die Roten, aber da hat der Geheimdienst seine Finger drin. Werners Stimme gegen den Kommentar der Spätnachrichten. Mela hatte den Katzennapf gewaschen und zu Matti und Sylvia gesagt: Jetzt aber in die Nester, morgen müsst ihr früh raus.

Mama, wir sind doch keine Kinder mehr!

Falkenhain suchte wohl ihre Hand, tröstend wie gestern auch.

Wir hatten in der geteilten Welt manchmal Illusionen. Falkenhain machte sein Clownsgesicht.

Es war eine Tragödie, sagte Mela, sie schloss die Augen, um wieder ganz in Rom zu sein, bei den treuen Römern, die ihre Toten mit goldenen Kugeln und frischen Rosen treu beklagten. Der Schmerz klemmte fest unter den oberen Rippenbögen. Erzähle weiter.

Falkenhain besann sich, ein bisschen ertappt oder müde. Leere Gassen, erklärte er, zwischendurch ein bekannter Platz, wo ich schon dreimal war. Quattro Fontane. Das ist möglich in Rom. Mitten in der Stadt, kein Mensch und Stille.

Wahrscheinlich Siesta, murmelte Mela.

Sie rührte sich nicht.

Siesta, das könnte sein. Wenn du aus der Stille herauskommst, knallt die Sonne. An der Bushaltestelle habe ich an einer Schattenmauer meinen Rücken gekühlt. Und dem Kater, der mir heimlich gefolgt war, ein Stück Käse hingeworfen. Noch einen Brocken, um ihm mit dem nächsten Bus zu entkommen.

Endgültig. So dachte ich jedes Mal.

Mela auf dem Sofa. Die Decke. Das Kopfkissen. Jeden zweiten oder dritten Tag kam Falkenhain. Der Tee stand bereit.

Er war allein mit dem Bus herumgefahren, manchmal schon am Vormittag. Er hatte sich Notizen gemacht. Mela fragen. Er kam ganz frisch aus Rom, küsste ihre Finger. Er setzte an, wo er aufgehört hatte. Beim Umsteigen vom Bus in die Metro zum Beispiel.

Er riecht nach Wald, dachte Mela. Sie beobachtete seine Hände. Die Teetasse klirrte. Es ist Liebe oder die andere Schwäche. Er schluckte, auch das konnte man hören. Er trank. Die Tasse krachte auf den Teller.

Erst mit dem Bus, dann mit der B-Metro bis Piramide, begann er.

Ein umzäuntes hügliges Gräberfeld. Der Friedhofsarbeiter, den ich an der Pforte herbeigebimmelt hatte, stützte sich auf seine Schaufel und meinte auf Deutsch: Seltener Gast.

Er zeigte mir den Weg.

GOETHE FILIUS PATRI ANTEVERTENS OBIIT ANNOR XL MDCCCXXX – Der Sohn, der dem Vater vorausging.

Weiße Nelken auf dem Grab. Kurzgeschnittene Hecken. Alles roch nach Hitze und nach trockenen deutschen Kränzen. Eidechsen klebten an den Grabsteinen der anderen Protestanten.

Wilhelm Waiblinger, Malwida von Meysenbug. Blaue glockenartige Blüten. Blumen, die ich nicht kenne. Ohne dich fallen mir ihre Namen nicht ein.

Die Vogelstimmen. Amseln vielleicht.

Zikaden oder Grillen, Rascheln im Gras, Pfeifen. Der Friedhofsarbeiter schaufelte, Erde flog aus der Grube. Scherben. Knochen. Ich saß am Hang, dachte an dich, dann bin ich im Schatten eines Pflaumenbaums eingeschlafen. Mit einer Zecke am Hals aufgewacht. Wieder half der Friedhofsarbeiter mit seinen harten Fingernägeln. Er hat die Zecke erwischt. Retour Porta Pia. Spuren von Michelangelos Kunst, Cappuccino. Zebrastreifen. Das Papiergeld sicher in der Hosentasche. Eine Nadel spießte durch die Euros und den Hosenstoff.

Und nächstens Via Appia. Aber die besuche ich nicht allein, da kommst du mit. Ich weiß auch schon wie. Erst mit der Metro bis Paulustor, dann weiter auf Schusters Rappen.

Vom Paulustor hatte Mela noch gehört, von ferne seine Stimme, von gemeinsamen Wanderungen, durch Tore gehen und weiter durch die Welt, dann war sie eingenickt, aber gleich wieder zu sich gekommen. Paulustor. Ich habe dich verstanden, ich bin dabei, und ich danke dir für den Tagesbericht. Du hast auf dem Friedhof wahrscheinlich die Rapunzelblume gefunden, das gesunde Glockenkraut aus dem Märchen, das haben früher viele Leute gegessen, auch Goethe, nur weiß das heute keiner mehr. Es war schlau von der Gartenhexe, das Märchengemüse zu hüten. Campanula rapunculoides.

Mela war zufrieden. Froh, vielleicht glücklich.

Falkenhain schleppte die Ewige Stadt zur ihr auf das Sofa.

War sie eine Simulantin? Schob sie Schwindel und Schwäche nur vor, um mit ihm in der stillen Seniorengastbude Tee zu trinken. Leichtsinn. Mindestens zwei Stunden mit ihm. Nicht in der Winterkälte im Wald, sondern im heißen Rom. Es war schön, schwach zu sein und bejahrt.

Endlich hatte sie eine Methode gefunden. So geht das, so wird ein Herz gefangen. Sie hatte es ja früher schon manchmal probiert, mit emsigem Knicksen, mit freiwillig Latein in der nullten Stunde. Einmal mit einem Vogelei. Liebe ergattern.

Mit einem nestwarmen Ei. Damit war sie bis nach Kaditz zur Wohnung der Lehrerin Fräulein Paul getrabt, barfuß durch die Schrebergärten, hier, das Ei ist für Sie, den Nistkasten hat die Katze heruntergerissen. Ich komme, weil Sie das Ei ausbrüten werden können müssen in Ihrem Haarnest, in Ihrer Güte und Ihrer Liebe, die Mich erkennt.

Das Ei in einen Topflappen gewickelt, so in Sorge, so in Zuversicht.

Mach dich heim, aber schnell, sonst kannst du mich aber kennenlernen, du rotzfreche Gurke. Fräulein Paul hatte schon die Hand erhoben. Mela hatte das Fräulein empfindlich gestört. Vielleicht sogar beim Korrigieren oder Zensieren, aber da war auch das zart lebendige Piepsen im Ei, das sie, in den Topflappen gehüllt, wieder mitnehmen sollte. Schere dich heim.

Bis es nicht mehr piepste.

Oder dermaleinst im Wald, sie hatte die Kleider ausgezogen, ganz nackt unten gelegen und gelitten, weil die Zeit so schnell vergangen war, sie wollte ihn immer noch einmal umarmen, immer noch mal, diese Qualen im Schnee. Mein Gott, denk an dein armes Kind. Dieser Tadel war von ihm gekommen. Dem Lümmel Thomas Falkenhain.

Alles untaugliche Methoden. Schlechter Eifer.

Es war spät geworden. Kein Tee mehr in der Kanne, aber noch Kekse in der Schachtel und Übermut.

Falkenhain genoss die Wärme in seinem Rücken, sie kam von Mela, die hinter ihm auf dem Sofa lag. Mela, munter, mit neugieriger Furche über der Nase, mit deutlichen Zeilen auf der Stirn. Noch einen kleinen Triumphbogen oder eine kleine Kirche. Es war Folter. Falkenhain schwang die Beine auf den Tisch. Aber gib mir bitte ein Zeichen, wenn du schläfst.

Ich beginne ganz unten in einem salzigen Gewölbe, wo der Opfertisch steht. Ich spreche von Clemente, von Mithras, wie er in seinem Sonnenwagen durch die Jahrtausende rollte. Die Zügel strafft, ein hahnenköpfiger Kutscher. Hinten im Wagen lauter Abriss, Schrott, Jahrhundertmüll. Das Alte muss fortgeschafft werden. Das war damals genauso wie heute. Damals wie heute die Frage, wohin mit den Trümmern. Neue Bauplätze vorerst in den Köpfen oder auf dem Papier.

Hast du das damals verfolgt? Wie der Lenin vom Leninplatz von gestern Abend auf heute früh weg war?

Mela rappelte sich auf dem Sofa. Klar, tonnenschwer, das Denkmal war weg. Ukrainischer Granit.

So musst du dir das vorstellen mit den Epochen. Es erwies sich als schwierig, es ist zu jeder Zeit schwer, die Trümmer wegzuschaffen und später dann wiederzufinden. Ich erinnere mich an das Spektakel, der Kopf von Lenin wurde wieder gebraucht. Für eine Epochenausstellung in der Festung Spandau, wo noch etliche andere Männer der Geschichte in einer Reihe stehen. Da ist es nun wieder gut, dass laut Physik auf der Erde nichts verlorengeht, noch dazu so große Trümmerbrocken, und aus dem Bewusstsein lässt sich auch nicht alles löschen, obwohl der Mensch schnell vergisst. Im Katasteramt gab es verlässliche Schubladen, wo betreff Abriss und Abtransport Lenins für die friedliche Renaissance alles gesichert worden war.

Hörst du mir zu?

Mela hatte zugehört und dabei an Gisela gedacht. Unsere Trümmer. Das wäre was für dich. Beim Schreibzeug auf dem Regal lag ein Brief von ihr. Ole hatte ihn am Vormittag mitgebracht. Es waren gute Nachrichten. Gisela hatte ihre Therapie mit negativen Befunden, also erfreulich, also positiv abgeschlossen, sie arbeitete weiter am Zeitzeugenzeug.

Das wäre was für Gisela. *Unsere Trümmer* und das Schicksal, wie es Sachen machte, das glaubst du nicht.

Weißt du, liebe Gisela, wer mein Gesundbeter ist hier in Rom?

Meist erzählt er mir vom Leben draußen in der Stadt, aber jetzt von *Unseren Trümmern* und vom Vergessen.

Mela sah, wie der liebe Alte die Lippen bewegte. Weiter, befahl sie, erzähle weiter. Sie hörte seine Stimme. Folterknechtin.

Sie dachte und hörte und träumte.

Falkenhain füßelte seine Turnschuhe unter Melas Couchtisch hervor.

Auf der Magistrale hinter dem Park der Accademia flitzte ein Sirenenrudel. Der Unglückssound zog dahin. Eine Millionenstadt fand unter der Himmelskuppel selten einmal Ruhe, in manchen Stunden überschlug sich der Sound. Die Katastrophen nahmen keine Rücksicht aufeinander. Manchmal krachte eine Bombe. Meist starben die Selbstmordattentäter und ihre Opfer an einer Stelle und immer da, wo niemand damit gerechnet hatte. Man musste an alles denken und alles vorübergehen lassen.

Die Zeichen von irgendwoher. Sirenen.

Mela hatte sich vom Sofa gerollt. Sie kniete, sie schnürte seine Schuhbänder, schnürte, knotete und band. Abschiedsschleifen. Sie hielt seine Beine umschlungen, weil es nach den Sirenen beängstigend still war.

Noch nicht gehen.

Falkenhain erzählte also weiter von seinem Besuch in San Clemente, erst flüsternd, dann aufrichtig komisch. Mela hockte zu seinen Füßen, das linke Ohr auf seinem Knie. Er lobte die jungen Leute. Nicht alle Touristen sind Touristen. Er sei mit einer Schulklasse aus Schottland in die Gewölbe gestiegen. Tief hinab. Bei knapper Luft und schmalen Treppen ohne Geländer.

Mela lauschte dem Knie, den feingesponnenen Zwischentönen.

Zum Schluss habe er die jungen Schotten im Kreuzgang wiedergetroffen. Alle im Schneidersitz rings um einen jungen Lehrer, der grade noch einmal laut auf Schottisch erklärte, wie es in Clemente drunter und drüber gegangen war. Nach Mithras baute Clemens, der vierte Vertreter Gottes auf Erden, genau über dem alten Tempel sein christliches Haus. Dann kamen die heidnischen Normannen.

Abriss. Aufbau einer neuen Kirche, wiederholt bis zum neuen Jahrtausend. Alle lauschten, weil der Lehrer ihr Freund war. Eine hübsche kleine Linkshänderin schrieb sogar mit.

Schläfst du?

Mela meldete sich mit einem Pfiff. Linkshänderin, ich schreibe leider rechts. Sie presste das Ohr noch fester auf das sendende Knie.

Mich rührten die jungen Schotten, ihre nackten Füße, die Zehen, an denen sie süchtig spielten, weil ihnen das Handy während des Rundgangs und während der Unterrichtung verboten war. Einer scheuchte eine Wespe, einer blätterte im *Ganz Rom*-Guide, manche malten Muster in den festgestampften Boden, Colaflaschen wanderten hin und her.

Das zweite Jahrtausend muss hier prima angefangen haben, erklärte der Lehrer, schaut mal hoch.

Im Gewölbe und an der Stirnwand die schönsten Mosaiken. Bäume, Vogelnester, Blumen auf dem Feld. Öldisteln und Lilien, Hühner, Hirsche, Schnecken, körnerstreuende Cappellani. Schwalben, Tauben, der Vogel Phönix und bunte Pfauen.

Hier ist es gewesen, hier hat der graue Pfau sein glänzendes Gefieder bekommen und der Himmel seine blaue Farbe.

Jetzt konnte man sehen, wie schnell alle ihr Handy griffbereit hatten. Stopp, rief der Lehrer. Fotografieren verboten. Look, cartello di divieto. Dass es noch solche Lehrer gibt, geachtete, geliebte Verkünder der Wahrheit.

Der reinen Wahrheit. Vorher waren alle Himmel einfach nur aus Gold.

Mela konnte sich die Mosaiken gut vorstellen, den kumpelhaften Lehrer und die schottische Linkshänderin. Die konnte sich Mela besonders gut vorstellen, ein ungebetener Engel schwebte im Raum.

Weißt du, dass die Eisvögel zu Zeiten der Götter auch einmal grau gewesen sind, so grau wie ich.

Mela argumentierte fast flüsternd, leise, er sollte ruhig merken, dass sie sauer war. Man muss heute nicht mehr grau sein. Wenn ich wollte, könnte ich mir ein anderes Gefieder zulegen. Nicht grade grün oder blau, aber zum Beispiel weizenblond oder kupfern. L'Oréal soll ganz gut sein, auch Dior hat eine gute Farbpalette.

Chanel, ein schöner Göttername.

Gegen Ermüdungserscheinungen der Haut hilft zum Beispiel Quick Fix Mist aus der Linie der Ibuki-Götter.

Falkenhain dachte an Leni, die wagte solche Sachen. Sie hatte eine große Zeit als rote Flamme. In Rot wurde sie manchmal für eine Französin gehalten, sie konnte ja auch die *Marseillaise* und auf Französisch das Vaterunser, aber eines Tages war Schluss mit Rot. Über eine Phase in Naturgrau ging es zu einem Violett, das aber kein Violett sein sollte, nur ein schöneres Grau. Leni jammerte fast immer nach der Haarwaschprozedur. Guck bloß mal, wie ich aussehe. Sie hatte oft recht, und er musste trösten. Ach was, das verliert sich, das vertut sich, das Lila verschwindet bestimmt mit dem nächsten Regen oder der nächsten Wäsche. Oder er behauptete: Ich finde, du siehst frech aus, wie echter Curaçao, a blend of fine spirits, since 1575. Glauben gehörte dazu. Hoffnung gehörte zum Dasein.

Vögel blieben ihr Leben lang bunt und jung, dafür hatten die alten Götter gesorgt.

Die Menschen sollten wahrscheinlich neidisch werden.

Es war draußen längst dunkel, unterdes Nacht. Mücken hingen in der Fenstergaze.

Jede Nacht diese Zikaden. Manchmal Frösche. Platzkonzert von der Piazza. Beständig Mitternachtsböller von den Albaner Bergen oder Gewitter.

Falkenhain spazierte, von Mela kommend, zum Parktor, dann im Karree – nicht gleich in Richtung seiner Behausung, weil er in dieser Morgennacht noch Luft und Besinnung brauchte. Wohin? Es führte zu nichts, weder der Haufen Papier, die *Melencolia*, die er kapitelweise ausgedruckt hatte, noch Mela, beide führten zu keiner Habe.

Er konnte von Tag zu Tag beiden gefällig sein. Davon hatte er immer geträumt, von so viel Freiheit. Er hatte das Lächeln der Figur auf dem Meisterstich von Albrecht Dürer eigensinnig und verschmitzt genannt. Man musste sich wundern, es hatte in den Jahrhunderten noch nie einer das Lächeln des Mädchens auf dem Dürerblatt wahrgenommen. Mona Lisa, ja, die lächelte, darauf hatten sich die Bildbetrachter beizeiten geeinigt.

Das Mädchen mit den schweren Flügeln hatte noch niemand angesehen. Es war nicht zum Ansehen geschaffen.

Er ging schneller den Atelierweg, er musste ins Haus. Nachtfalter schlugen gegen die Lampe. Motten kreuzten, weil er die Arbeitsmappe bei schusslig offener Ateliertür in Augenschein genommen hatte. Die Hand des Engelwesens, die einen spitzwinklig offenen Zirkel absichtslos hielt. Absichtslos, das war auch so ein geflügeltes Wort. Das Engelwesen hielt den Zirkel absichtslos in der Hand und lächelte. Falkenhain sah sich bestätigt. So konnte man sich bei Nacht auf die Schliche kommen. Das Wesen lächelte im Verborgenen.

Insekten sirrten unter der Lampe, Motten stürzten auf das Papier.

Als Falkenhain das Licht ausknipste, war es sofort still. Stockdunkel und still. Wo seid ihr, Augen zum Fürchten. Gruseltiere. Falkenhain horchte. Das Fiepen ohne Hörgerät könnte der Tinnitus im Kopf sein. Er dachte an den Kater, den er in den Straßen von Rom zwei- oder dreimal ausgetrickst hatte. Ole hatte aber erzählt, wie schlau die hiesigen Kater wären. Die Klugheit der Romkater und der Gänse sei ja seit der Antike bekannt. Die wissen sogar, wie sie in Bussen ungesehen mitfahren können. Zwischen Motorblock und Getriebe oder neben der Batterie gäbe es eine Verschalung, ein Kunststoffteil, groß genug und nicht zu heiß. Falkenhain horchte in die Stille. Tinnitus oder der Kater?

Mela lag schlaflos mit einem und dem anderen Gedanken. Der Duft des Philadelphus flutete in der Finsternis durch das offene Fenster. Die weißen Blüten dufteten Tag und Nacht, besonders nachts. Der Park war voller Büsche. Pfeifenstrauch oder Falscher Jasmin oder Kopfwehboom. Ganze Quartiere blühten in Rom. Der Strauch wuchs überall in Süd und Nord, er wuchs auch zu Hause im Garten. Eigentlich ein Ziergehölz, doch dieser Tage auf dem Sprung, über die Zäune hinweg in die Freiheit. Er floh, er wanderte. Keine Grenzen, keine Gärten mehr.

Europa duftete nach Philadelphus.

Süß wie Jasmin oder wie Narzissen oder wie Holunder.

Der Duft machte Kopfschmerzen und Erdweh.

Sachen, die Mela sagen oder tun wollte, wanderten ihr durch den Kopf.

Zum Beispiel so was. Knopf annähen.

Lieber alter Falkenhain, ich würde dir ganz gerne mal einen Knopf annähen. Soll heißen. Ich würde alles für dich tun.

Aber wie, in den Zeiten der Reiß- und Klettverschlüsse.

Falkenhain hatte Busfahrpläne mit dem Handy fotografiert und außerdem aufgeschrieben. Er hatte Melas Rucksack übernommen, beide Wasserflaschen, beide Schachteln mit den Tabletten und den Augen- und Nasentropfen. Augen und Nase, das war notwendig, weil sie unter tränenden Augen litten. Sobald sie unterwegs waren, auch wenn sie nur im Park der Accademia umherspazierten, fingen sie an zu weinen. Tränen rollten über die Wangen. Die heulenden Seniorengäste. Melas Arzt meinte, hier handelte es sich um ausgetrocknete Augen. Rom macht trockene Augen. Damit die Tränen nicht fließen, müssen besonders bei älteren Menschen Nase und Augen zusätzlich mit Flüssigkeit versorgt werden. Den Tränenfluss mit Wasser stoppen. Verrückt. Zu Melas Schwindelkranksein hatte der Arzt nur noch gesagt: Langsam, man ist nicht mehr achtzehn. Und Falkenhain hatte Melina vom Sofa gescheucht, er hatte sie für romtüchtig erklärt. Du kommst jetzt mit.

Schöne Stunden auf dem Sofa. Mela fühlte sich vertrieben und herausgefordert.

Sie war sich nicht sicher, ob sie ihre wolkige Schwäche, den Schwindel, die Schmerzen in den Knien nicht lieber behalten wollte, wie weit ihr Übermut reichen würde, für wie viel Plätze, Brunnen, Kirchen. An der Seite der rüstigen Passion.

Falkenhain nannte den Ausflug einen Probelauf.

Mela hatte ihren Stab mitgenommen. Den zurechtgeschnitzten Stecken aus dem Park. Der stützte die rechte Seite. Falkenhain führte ihre andere Hand, die linke, die vom Herzen kam.

So konnte man die beiden Seniorengäste der Accademia an einem Vormittag die schon recht heiße Nomentana entlangwandern sehen. Wunderlich aufrecht, ein bisschen schwankend und tastend, wie sonnenblind. Und eingeschüchtert vom Lärm.

Sie liefen Hand in Hand bis zur Porta Pia, fuhren dann mit Bussen, stiegen aus und ein. Sie blieben vor Palästen, Brunnen, planschenden Kindern und Schaufenstern stehen. Sie verweilten in der Via S. Caterina da Siena vor den Auslagen von Barbiconi, einem Spezialgeschäft für Paramenti Sacri. Kleider für Nonnen und Priester aller Art, aller Größen. Ein reiches Angebot. Farbenfroh für die Männer, grau für die Frauen. Mela ließ sich nicht zurückhalten. Mela wählte unter den heiligen Kleidern ein Paar Turnschuhsocken und weiße baumwollene mutandine.

Sie besichtigten das Pantheon und liefen zweimal ringsherum. Beim dritten Mal stampfte Mela mit dem Stock auf.

Hier muss es aber sein, sagte Falkenhain. Er studierte einen Plan, den er im Handy gespeichert hatte. Trattoria Eustachio, in einer winzigen Gasse hinter dem Pantheon. Sie fanden schließlich hinter Lorbeerkübeln ein Geviert, das man verschwiegen nennen konnte. Verschwiegen sollte es sein, versteckt und köstlich. Drei Tische, zwölf Stühle, Blick in den Backofen und die Stellage davor. Auf dem Brett duftete eine frische meterlange Pezza, grade fertig, mit fünf Kräutern und Funghi. Haben wir ein Glück. Chianti. Zwei Gläser. Die Portionen wurden mit einer Schneiderschere abgeschnitten, man zeigte seinen Hunger mit beiden Händen, so ungefähr, eine Klammer, und sog den Duft ein, machte die Klammer schnell noch etwas weiter. So viel und Wein. Messer und Gabel brauchen wir nicht.

Oleanderbüsche warfen Blüten, Bougainvilleakissen hingen von den Balkonen. Und in all den Düften etwas außerhalb der Blumentöpfe in einem offenen Winkel, also ungeschützt, hatten sich wieder einmal jene zwei Hälften gefunden, die naturnotwendig zusammengehörten. Er, in dunklem Anzug, weißem Hemd, ein junger Marc Aurel, sie, eine schöne ernste Römerin. Sie atmeten flach, sie standen sich gegenüber, kerzengerade, wie Eisen, elektrisch geladen. Spannungspole, geschaffen für den Himmel und für die Hölle und zum Schluss vielleicht für die Erde. Ihre vier Augen trafen schon jetzt unverwandt ineinander, das konnten sie genau, weil sie praktisch von einer Größe waren, verhältnismäßig groß für den hiesigen Menschenschlag. Mund und Hände rührten sich nicht. Sie waren alle Tage nur für sich da in diesem Winkel und heute wie ein Rückspiegel auch für die beiden Alten, die due pezzi vom Meter bestellten. Jenseits des Nordens, des Eises, des Todes – unser Glück.

Mela schlug die Augen nieder, sie sah trotzdem alles. An den vier Händen konnte man feine Regungen erkennen, stärkeren Druck. Ein Ja, ein Nein, eine gerade Linie.

Signori, buon appetito. Der Ober schwang die piccoli pezzi, jeweils knusprige Endstücke auf den Tisch. Das war Zauberei, zwei Anfänge oder zwei Enden. In der Mauernische wurzelte das in sich versunkene Paar. Der Atem des Mannes plusterte ihr Amselhaar. Schweiß glänzte auf ihrer Stirn. Zwischen den blanken schwarzen Herrenschuhen und den zierlichen Sandaletten mauerte eine schwarze Aktentasche. Sie trug ein elegantes Rucksäckchen über der Schulter.

Der Rückspiegel zeigte: Vergänglichkeit, Dauer.

Mela dachte an die Gischt, an Sant Jovan, das Schlepperschiff, im Hafen von Ulcinj. Die wirklich blaue Adria im letzten Licht. Winterlicht, frischer Wind und sprühende Wärme aus dem Meer. Werner bei den anderen Leuten, den Passagieren und der Besatzung, lauter Jugoslawen, denn es war das Land Jugoslawien, Ulcinj in der Nähe der albanischen Grenze, eine Station ihrer Flucht. Werners Stimme war zu hören. Andere Männerstimmen, die eine Aufgabe und eine Bleibe hatten. Sie lag mit dem Kind auf einem zum Nest gerollten Schiffstau. Matti schlief trotz des Motorenlärms, trotz des Wellenschlagens. Sie hatte am schwarzen Himmelsgewölbe so viele Sterne gesehen, lauter leuchtende Trugbilder, und vielleicht schon Zeichen von Sylvia gespürt. Die Seele schmerzte. Was ist Unglück? Das Gefühl, dass die Ohnmacht wächst, dass die Flucht nie enden wird.

Falkenhain zahlte. Das nächste Mal ich, sagte Mela. Rucksack und Stab nicht vergessen.

Als sie gingen, wurzelte das charmante Paar immer noch. Frisch, nicht verblüht, nicht alt geworden. Falkenhain warf einen Blick auf seine Armbanduhr.

In Rom muss man erst am späten Nachmittag wieder im Amt sein.

Heute noch Via Appia.

Oder ein Chorkonzert unter Pinien. Oder Bocca della Verità. Oder Kirche, zwei oder drei Hochzeiten in einer kühlen Basilika. Nicht schon wieder Versprechen, nicht noch einmal Gewissenskrisen der anderen. Mütter. Großfamilien. Und wie selbstverständlich die zugehörigen Väter und Großväter.

Wir brauchen jetzt einen Winkel, wo die Sonne nicht mehr hinknallt, vielleicht eine Bank. Eine windgeschützte Schattenbank, möglichst aus Marmor, eine Art Kachelofen mit gespeicherter Wärme für unsere müden Knochen. Ich will Ruhe. Ich will sitzen. Ich will wissen, was ich will.

Gerechte Einwände. Launen. Schrullen. Verschnaufpausen. Überhaupt Pausen zum Atemholen. Stock verlieren und wiederfinden. Unendliches Wohlwollen.

Nach langer Wanderung einschließlich der Serpentine, die von der Piazza del Popolo immer bergan führte, erreichten die beiden hoch über der Stadt die Piazza auf dem Pincio.

Jeder Orthopäde würde sagen, rauf ist den Knochen zuträglicher als runter. Ich spüre es in den Knien, wir sind auf der gesunden Strecke. Mela kommentierte. Falkenhain schnaufte. Viale del Muro Torto war aber jetzt wirklich allein deine Idee.

Der Balkon von Rom.

Ein Asphaltplateau. Terrain der Akrobaten, der Eisverkäufer und Pflastermaler. Mercedes aus Stoccarda, Germania, bereitete in einem abgesteckten Zirkel ein Fest vor. In der Mitte ein Bierfass, noch nicht angestochen, aber subito, aber presto – also gleich.

Die Spanferkel hatten alle noch Schnauzen, aber es steckten schon Messer in ihren Rücken. Elektrokabel, Lampen und Lautsprecher deuteten an, dass bald auch Livemusiker aufkreuzen würden. Bald macht Mercedes Musik.

Sind wir hier richtig? Es war deine Idee. Ein Klettergerüst. Eine Schaukel. Eine sehr blasse Marmorskulptur, griechisch, ein Gott, der schielen konnte. Er schielte auf den Euro, den Mela in seinen schwarzen Hut gelegt hatte. Neben der Schattenbank unter Pinien. Hut und Gott. Und wenn es noch nicht der Himmel wäre, wir sind am Ziel.

Mela warf den Stock, die Turnschuhe ab, die Sonnenbrille, alle äußere Last. Von der Ruhebank vertreibt uns keiner. Nicht einmal bayrische Blasmusik. Man konnte in der Ferne S. Pietro erkennen und die Engelsburg, Gianicolo, links vielleicht Trastevere. Pappeln, Pinien, Dächer und Türme.

Na schön, sagte Falkenhain. Wieder verträglich. Immer verträglich.

Der griechische Marmorgott hatte sich davongemacht. Stillschweigend, mit Hut, in Richtung Bierfass.

Mela kramte die Medizin aus den Schachteln, die gehörigen Fläschchen. Falkenhain übernahm die Behandlung. Kopf hoch und in den Himmel gucken. Ruhig bleiben, nicht zwinkern, er träufelte zitternd je einen Tropfen in Melas Augen. Es ist ja nur, damit wir über den Dächern von Rom nicht heulen. Jetzt war er dran. Er setzte sich ergeben auf die Bank. Weil Liebe eine Sache der Schwachen ist. Mela träufelte beherzt, bis die Falkenhain-Augen in Pfützen schwammen. Sie reichte ihm sein Taschentuch.

Alter Knabe, wer hat dir dermaleinst diese mausgrauen Augen geschenkt? Die habe ich von meiner Mutter. Großmutter. Urgroßmutter. Mitgift der Masurenweiber, Frauen der dortigen Pastoren. Ich müsste das Foto von meiner Mutter noch haben. Agfa-Farbe. Sie hält einen Hammer und einen grauen Ziegelstein in den Händen. Graues Kopftuch, graue Jacke, graue Hose und die Augen, wirklich ein strahlendes Grau. Ein typisches Zeitungsfoto. Meine Mutter war eine eigensinnige und eine schöne Frau. Auf dem Foto trägt sie eine silberne Aktivistenmedaille. Ziegelstein, Hammer, Zirkel, Ährenkranz. Sie arbeitete beim Lichtenberger Bezirksamt als Trümmerfrau. Ich weiß nicht mehr, wann und warum wir von Seddin nach Berlin gelotst worden waren. Wir hatten ewig in einem Waggon, einem sogenannten Oppelner, gewohnt. Auf Gleisen, es war ein Land aus Schienen und Waggons. Wir lebten da mit vielen Leuten, aber ohne Väter. Ich ohne Pastorenvater, meine Mutter ohne Mann, ohne Glauben. Unser Glaubensgarant war tot. Meine Mutter machte auf den Fragebogen unter Konfession ein Kreuz ins Kästchen »keine«. Unter Augenfarbe schrieb sie: grau. Wir waren haltlos Geworfene mit grauen Augen. Ich war achtzehn, als meine schöne Mutter starb. Von dieser Zeit an habe ich mich auf das Komische im Leben verlegt. Sozusagen weil der Spaß nicht vom lieben Gott kommt. *Es rettet uns kein höh'res Wesen, kein Gott, kein Kaiser noch Tribun, uns aus dem Elend zu erlösen, können wir nur selber tun*. Das war ihr Lied. So war sie. Und ich? Grauäugig wie sie. Konfessionslos. Die Medaille hatte ich an meinem Parka, am Ärmel. Ich hab sie verloren.

Ich landete im Jugendheim, aber nicht als Zögling, sondern als Erzieher. Mit meinem Clownstalent hatte ich die Schlafsäle vorbildlich unter Kontrolle und bekam eine noble Beurteilung. Die hat mich zum Studium gebracht. Geschichte. Psychologie. Der Mensch als absurd lächerliche Erscheinung, du weißt ja, das sollte nicht sein in der Theorie und in der Praxis und mit uns beiden.

Falkenhain zitterte, ein fiebriger Schwächeschauer. Kein Schritt mehr. Fotografieren wollte er nicht. Keine Totalen. Kein Handygruß an Leni. Er hatte in einer Mail erwähnt, dass er eine alte Bekannte wiedergetroffen habe, mit der er, wenn sie bei Kräften sei, Stadtspaziergänge mache. Ein kränkliches Wesen, das zu Urzeiten, als es noch Wünsche und volkseigene Fabriken gegeben habe, mit Kind und Kegel in den Westen entkommen sei.

Das Wesen hockte auf der Bank, Arme um die Knie geschlungen, Kinn aufgestützt, ein Ei, in bester Form, jedenfalls in einer der besten Formen, die Mutter Natur erfunden hatte. Zum Warten und Werden.

Falkenhain war wieder zu Atem gekommen. Er hatte die Beine ausgestreckt. Er lebte wieder. Mela suchte Halt an der Banklehne. Sie suchte Ruhe und auch Frieden an seiner Schulter. Sie dachte an die Trümmerfrau, die ungefähr vierzig Jahre alt war, als sie starb.

Über mausgraue Augen wäre manches zu sagen.

Aber wie und warum. Mela suchte noch mehr Frieden. Jetzt in seinem Schoß. Ihr Kopf war einfach von seiner Schulter heruntergerutscht. Ruhekissen. Der Alte roch gut, weil er nicht rauchte, weil er badete, seine Hose roch nach Farnkraut und Pinien. Nach Herrenduft aus der grünen Flasche. Einmal hatte sie ihm im Wald seine Hosentaschen voll Kiefernzapfen gestopft. Am nächsten Tag im Seminar lag ein Zapfen auf ihrem Stuhl, zwei oder drei steckten in der Tasche bei ihren Büchern. Zeichen ohne Worte. Darin waren sie einmal perfekt gewesen. Und den silbernen Ziegelstein mit Hammer und Zirkel und Ährenkranz, den hatte er nicht verloren, den hatte sie von seinem Ärmel geklaut. Den hatte sie bei sich, in einem Schrank, in einer Schachtel, wo solche Sachen hingehören, ein Trauring, nicht ihrer, der von der Großmutter, Sylvias Milchzahn. Dass der silberne Ziegelstein ein Andenken an seine Mutter war, hatte sie nicht gewusst. Wo der Ziegelstein jetzt war, sie müsste ihn suchen. Einmal lag die Medaille mit anderen alten Sachen auf dem Tisch. Gisela war scharf drauf. Auf das Nachkriegsrelikt.

Melas Blick ging durch die dunkelgrünen Pinien hoch in den tiefblauen Himmel.

Falkenhain hatte die Hörgeräte in beiden Ohren. Er schaute gradeaus. Er würde sie gut verstehen. Seine Ohren, ihre Worte.

Schweigen oder Reden. Geheimnis oder Offenbarung. Sie kam sich vor wie eine in Mauern hausende Göttin, wie Turan, alt, etruskisch, allein mit einer Geschichte, einem Leben, das niemand anders als immer nur ihr gehörte. Jenseits von Gut und Böse. Es lag nun in ihrer gewissenlos göttlichen Macht. Sie könnte diese Geschichte für das letzte Ende des Lebens mit Falkenhain teilen. Und sie würden beide wieder zu leidenden Menschen werden. Wieder zu der Kugel aus den zwei Hälften, die sie früher schon einmal gewesen waren. In Liebe und nun in vereinter Trauer.

Mela war unfähig, Schuld zu empfinden. Ein Defizit. Schuldunfähigkeit. Sie wurde aus irgendwelchen Gründen belohnt oder bestraft, einerseits bestraft, andererseits belohnt. Von stets waltender irdischer Fürsorge. Mutter. Lehrer. Werner.

Sie schien von höherer Verantwortung freigesprochen. Ruhendes Gedächtnis. Stilles Gedenken.

Es waren andere Zeiten. Zeiten der Teilung. Als die Götter noch ganz oben regierten. Zornig hatten sie die aufsässigen Menschenkugeln mit ihren vier Beinen und Armen und zwei frechen Köpfen geteilt, danach die Teile auf die Erde geworfen. Es heißt, von da an suchten die beiden zueinandergehörenden Hälften einander. Weil sie sich brauchten, weil sie sich womöglich erinnerten. An Ecken, Kanten und Gerüche. Das konnte nicht glücken. Die Wahrscheinlichkeitsrechnung hatte mit Verweis auf die Menge der Hälften sämtliche Sucherei gleich für ziemlich unmöglich, damit für lächerlich erklärt.

So ein Treffer konnte nur ein gottgewolltes Elementarereignis sein.

Liebe.

Zwei unter einem Kirschbaum. Zeit spielte keine Rolle. Es war nicht die Rede von Ewigkeit. Die Götter griffen nicht mehr ein, sie ließen so was geschehen. Da musste die Liebe selbst das Messer nehmen.

Und wenn sie nicht gestorben sind, da werden sie sich erkennen.

Der Westhimmel hinter S. Pietro war feuerrot geworden.

Falkenhain fuhr sich mit dem Ärmel über die Augen. Nass, schon wieder, weil zu trocken. Oder sind es echte Tränen. Schließlich, wir sitzen auf dem schönsten Hügel, dem Balkon von Rom, und genießen ein gigantisches Schauspiel.

Halt mich fest, lieber Clown. So was dürfen die GEO-Bildkünstler nicht fotografieren. Es ist verboten. Weil zu schön.

Der Bildredakteur hatte auch Schafe und Sonnenblumen verboten. Caspar David Friedrich hatte aus ähnlichen Gründen ein geselliges Segelboot beim *Mönch am Meer* übermalt. Die Sonne ist nicht so, wie sie scheint.

Wir Alten erstarren. Vor Angst, Demut, Schwäche. Die Einwohner der antiken Stadt, die Neros Wahnsinn erleben mussten, sind tot – und wir sterben auch.

Nach uns wird der glühende Himmel wieder rein, ohne die bösen Bilder der Kriegsfeuer sein.

Was denn sonst, es war die Sonne, die mit weiten roten Schleppenärmeln zwischen den Dächern und Türmen der Stadt unterging. Hinter dem Horizont lag das Meer.

Zwanzig Uhr fünfzehn, Falkenhain hatte mit dem Handy unter der Wetter-App den Sonnenschwund überprüft. Pünktlich. Der Westhimmel bot sich den Touristen jetzt erst recht, weil sich der Widerschein des Meeres, violett und grün, ins Farbenspiel eingemischt hatte. Unwahrscheinlich. Grandios. Phosphor. Stabbrandbomben. Petroleum. Eingebrannt in der Kniekehle, eine Narbe, die verheilt und alt geworden war wie ein zierlicher Nabel.

Mercedes aus Stoccarda checkte die Lautsprecher. Falkenhain raffte die kleine Alte an sein Herz, tatsächlich, sie fühlte das Pochen, ohne Hörgerät, das hatte sie in der Schachtel verwahrt. Dazu hörte sie ihre Stimme, gedämpft und fern. Sylvia hat solche Augen wie du, von deiner Mutter die Gene, das Erbe der pommerschen Pastorenweiber. Vom Weib zum Sohn. Du hast sie wieder einem Weibchen gegeben. Die Gene für die mausgrauen Augen. Vor langer, langer Zeit ist es gewesen. Über allen Grenzen. Noch in der Zeit der langwierig beförderten Nachrichten. Es gab Absender, Briefkästen, Postämter, Stempelmaschinen, Verteiler und Empfänger. Es gab das Postgeheimnis und das Gegenteil, die Kontrolle und den Postentzug. Lebenszeichen in Säcken, dann in Ordnermappen. Alles ohne Versprechen. Lange Zeit ohne Versprechen.

Als wäre das pochende Herz ein Trost.

Der Kirschbaum wurde mit anderem Altbestand und Wildwuchs abgeholzt, die kahle Fläche war ein genaues Bild dafür, dass auch unser Andenken verschwinden würde. Es blieb die Erinnerung an die Süße der Kirschen. Die haben wir zwar gegessen, aber damals nicht wahrgenommen.

Wir erinnern uns an das, was gewesen sein soll. Ja, wir sind einmal fast erfroren. Ich habe dich beinahe umgebracht. Die Kehle zu. Wir wollten so lange die Luft anhalten. Bis wir drüben sind.

Im Wald bei Rehbrücke.

Noch fünf Minuten, bat Mela.

Aber der Lärm des Festes rückte vor. Sie gingen untergehakt durch das Treiben. Mela mit dem Stock in der rechten, jetzt in Richtung Villa Borghese, um zur Spanischen Treppe zu gelangen und zum Trevi-Brunnen.

La dolce vita. Weißt du noch. Kino Steinplatz. Du hast zwei Reihen hinter mir gesessen. Wir kannten uns. Wir kannten uns nicht. Wir wollten uns nicht kennen, weil wir uns noch nicht kannten. Ich wusste, du bist es. Ich hatte dich schon vor dem Kino gesehen. Du bist an mir vorbeigegangen. Du hattest einen schwarzen Parka an, dazu einen schwarzen Schal. Meinen

Parka hatte ich mit Fröschen bedruckt. Ich dachte, was traut sich denn die Kleine, die neulich so einen Wahnsinn über die Philosophie der Griechen im Seminar erzählt hat. Fährt alleine nachts in den Westen ins Kino, guckt sich heimlich den neuen Film von Fellini an. *La dolce vita* lief den ersten Tag im Kino am Steinplatz.

Es war nicht nachts, es war um sechs.

Es war dunkel.

Na, Winter. Winter sechzig.

Westberlin.

Was habe ich denn im Seminar erzählt?

Du hast gesagt, die griechische Philosophie sei entstanden, weil die Männer dort so schön sind, sie hätten in einem erotischen Taumel ihren Samen in die griechische Erde gestreut, daraus sei in einem Wettbewerb die Dialektik entstanden, die Künste, die Literatur und so weiter.

Hatte ich recht?

Du hattest Schwein, du durftest den Test wiederholen. Wir hatten alle noch Anfängerbonus, du warst ein besonderer Starter, eine kleine x-beinige Waldfee.

Und du warst ein Clown. Du hast im Kino zwei Reihen hinter mir gesessen. Ich war todunglücklich, weil ich dich nicht mehr sehen konnte, auch nach dem Film nicht. Ich habe dich gesucht. Du warst verschwunden.

Ich habe dich verfolgt, bis zur S-Bahn am Zoo, du bist in den letzten Wagen eingestiegen.

Das habe ich immer gemacht. Ich dachte, letzter Wagen wäre schlau, aber es war Blödsinn, die Hauptsache war eine Rückfahrkarte. Erkläre mal einem Menschen von heute all diese Tricks und Fehler. Ich verstehe es ja selber nicht mehr, warum ich dich nicht habe erkennen wollen.

Auch so ein Unsinn. Politik.

So sah man die beiden Alten auf bewährte Art die Treppen abwärtssteigen, Falkenhain zwei Stufen voran. Mela rechts mit Stock, die linke Hand auf die Mannesschulter gestützt.

Der Trevi-Brunnen in Abendbeleuchtung.

Und immer noch umlagert von Touristen, aber das waren jetzt einzelne, stille. Andächtige wie Thomas Falkenhain und Melina Weiss. Die lauten Reisegruppen saßen um diese Zeit in den Restaurants beim Abendessen. Die beiden Alten waren unterdes geübte Wanderer, perfekt im Aufspüren von Sitzgelegenheiten in Rom, Mauern, Simse, Betonröhren, Gemüsekisten. Es dauerte nicht lange, da hatte Mela mit ihren Pfefferblicken zwei Leute von der Rundbank am Brunnen vertrieben. Es war ein Logenplatz.

Ich habe sie fortgeguckt! Komm, setze dich, lieber Clown. Und nun musst du dir oben am Palazzo rechts und links die Baugerüste wegdenken und die gelbe Farbe und in den Nischen die roten Geranien. Schließe die Augen ganz fest, höre das Rauschen. Jetzt öffne die Augen, so weit du kannst. Das ist ein Kunststück, das habe ich von Goethe gelernt, so ist Goethe damals durch Rom gegangen, Augen zu und dann auf, so siehst du das Bild als Erscheinung, wenn du willst, in Schwarz-Weiß. *La dolce vita*. Jetzt die Szene, in der die blonde Venus Anita in ihrem schwarzen Kleid vor dem sprühenden Wasserfall tanzt und lockt und ruft. Erkennst du den armen Marcello? Marcello, Marcello, wie er folgsam hingerissen ins Becken steigt, als sei es das Weltmeer, der tosende allesverschlingende Ozean, aber es ist nur die Fontana di Trevi mit ihren barocken Steinfiguren, der Muschel, dem standhaften Gott mit dem wilden und dem zahmen Pferd, in den Nischen die Allegorien Reichtum, Gesundheit, Wohlergehen, lauter Neujahrswünsche.

Eine Zeitlang war nur das Rauschen zu hören, versammeltes Schweigen auf dem Platz, es war schön, nicht allein zu sein. Wie im Konzert. Open Air.

Das Knistern des Himmels, das Zirpen der Zeit.

Jemand beugte sich zum andächtigen Falkenhain.

Scusi. Entschuldigung. Lassen Sie sich nicht stören. Der Mann, ein Deutscher, bat flüsternd um einen kleinen Notsitz auf der Kante der Bank. Für eine Backe, wenns möglich wäre. Unter seiner Windjacke beulte üppig ein Fotoapparat.

Falkenhain rückte, auch Mela rückte. So bekam der Mann einen Platz mit freiem Blick zur Felsenszenerie mit dem fallenden Wasser, er konnte auch den Mittelgang zum Brunnen gut einsehen.

Ideal, flüsterte er. Danke. Schwein gehabt.

Er tat geschäftig, roch nach Schnaps und Kirche und Schweiß, schien kein sorgloser Bummler zu sein. Bestimmt oft auf Reisen, ein Schaffender im besten Berufsalter, zwischen dreißig und sechzig Jahren. In einem kompakten Zeitfenster also. Mütter und Töchter wurden zu Schwestern, Väter und Söhne zu Brüdern.

Eine lange Unruhe in der Lebensmitte.

Der Aktive flüsterte ein paar Fragen. Wie lange schon hier, wie lange noch.

Falkenhain flüsterte kurz zurück, er interessierte sich für den Apparat, der aus der Windjacke hervorbaumelte, und staunte, dass der Mann analog fotografierte.

Profi?

Nicht immer, aber heute will ich's schaffen. Seine Haltung auf halbem Sitzfleisch, die gezielte Aufmerksamkeit über die rechte Schulter an Falkenhain vorbei, mit gleichzeitig wachem Auge für die anderen Sachen ringsherum. Sein genaues Urteil. Deutsche? Preußen? Aus dem fernen Osten? Die Alten stammen heute sämtlich aus Pommerland. Mela Weiss und Thomas Falkenhain, ein reisendes Rentnerehepaar. Wie es im Buche steht. Die Hauptsache Portemonnaie und Gesundheit.

Für ihn sei's kein Vergnügen in der halben Nacht hier in Rom. Er gab eine verwaschene Erklärung, bat um Diskretion, weil die

Konkurrenz bestimmt auch nicht schlafe. Er sei auf dem Sprung. Er liege auf der Lauer.

Der Apparat unter seiner Windjacke fertig zum Schuss. Ruhig Blut. Solche Augenblicke sind immer spannend. Er habe Training. Berufserfahrung und auch Instinkt.

Falkenhain zeigte Verständnis. Mela nickte zu dem, was Falkenhain ihr erklärte. Das Wasser der Fontana schäumte. Alles, was ein Schwerhörender hört und weitergibt, sind Prophezeiungen oder Mutmaßungen. Man macht sich einen eigenen Vers und darf gewärtig sei.

Es gibt auf der Welt kein besseres Motiv. Der Fotograf klopfte sich auf die Schenkel. Ich bin sicher, nicht hundertprozentig, aber ich könnte wetten.

Im Seniorenheim hatte man ihm verwehrt, von ihr Fotos zu schießen. Vor ein paar Monaten war sie noch in Berlin gewesen. Zu einem Workshop für Schauspielschüler. Sie war zentnerschwer und behäbig geworden, aber noch ziemlich tough, sogar bissig. Sie hatte behauptet, durch ihren Auftritt in der berühmten Filmszene sei Fellini als Regisseur bekannt geworden. Sie, Anita, habe ihn, Fellini, bekannt gemacht und nicht andersherum – wie immer gesagt wird.

Und nun habe er vom Chauffeur des Seniorenheimes erfahren, dass Donna Anita nach Rom zu ihrem Arzt transportiert werden müsse, routinemäßig, und danach würde man ihr gern einen Wunsch erfüllen. Man würde sie noch zu einem besonderen Ort kutschieren, Kirche, Eiscafé oder Kino.

Sie wollte überallhin und zum Schluss hierher.

Jetzt wird sie wohl noch in Santi Vincenzo e Anastasio sein. Die ist gleich hier ums Eck. Ich habe sie vorhin dort gesehen. Ein Foto von ihr vor einer Muttergottes habe ich im Kasten, aber viel mehr bringt mir ein Foto von Anita auf dem Schauplatz ihres Ruhmes. Heute und damals. So ein Foto hat bestimmt, wenns dann gebraucht wird, keiner. An die Szene mit der blonden Diva im Trevi-Brunnen erinnert sich jeder. Sie ist Filmgeschichte. Ich möchte wetten, gleich wird sie hier sein. Alleine schafft sie das nicht mehr. Sie sitzt im Rollstuhl. Sie wird geschoben. Wie es so ist nach einem Schenkelhalsbruch und ohne Geld, da geht nur noch essen, wenn das noch geht. Eine Hilfskraft hievt dich in den Stuhl, und jemand putzt dir zwei rote Bäckchen ins Gesicht. Ach, herrje, ihr Schädel, fast ohne Haare. Eine Kahlköpfin. Wer denkt nicht bei ihrem Namen an die gewaltige blonde Mähne. Die Bilder kannst du im Internet abrufen, du kannst sie dir ansehen, kostenlos.

Mela flüsterte. Halt mal meinen Stock. Falkenhain nahm den Wanderstock, sie tauschten die Plätze. Mela saß nun entschlossen neben dem Paparazzo. Falkenhain war auf dem Sprung. Mela zurückhalten. Krawall vermeiden. König Faruk hatte zu Fellinis Zeiten in einem Restaurant vor Wut über einen lästigen Paparazzo einen Tisch umgeschmissen. Da war der Name schon in der Welt, der Name, der Typ und die Notwehr. Fellini hatte für einen dreisten Fotografen nach einem Namen gesucht. Ihm tönte der Name eines Hotelbesitzers im Ohr, Coriolano Paparazzo. Paparazzo, prima, das passte für die Type. Das passte bis heute.

Mela würde jetzt auf der Piazza di Trevi einen Tisch umschmeißen, sie würde einer Schmeißfliege den Pudding verderben. Aufspringen. Schwupp. Es war viel ripetizione und Renaissance in der Welt. Das sollst du wissen. Der Fotograf sah den Platztausch seiner Nachbarn, er kannte auch das: Gefährlich wache Wutbürgerinnen. Solidarische Weiber. Immer Weiber.

Machen Sie keinen Mist, bleiben Sie ruhig, wenn Sie Bambule machen, wecken Sie dreihundert Handys. Ich knips jetzt nur ganz still und bescheiden ein schönes Foto für den Fall aller Fälle. Man muss immer vorausdenken. Man braucht einen zuverlässigen Riecher.

Der Fotograf arbeitete diskret aus der Jacke heraus.

Es blitzte kurz wie aus dem Nichts.

Und wie aus dem Nichts gab es vor dem Trevi-Brunnen zwischen Deutschen eine rüpelhafte Szene.

Bist du bescheuert, du dämliche Kuh.

Man sah einen Kerl mit dickem Fotoapparat und eine um sich fuchtelnde Attempata. Der Mann schimpfte auf Deutsch. Das hat ein Nachspiel, du dämliche Kuh. Die Umstehenden konnten nicht erkennen, worum es ging, wer daran schuld war und wer angefangen hatte. Die Donna oder der andere.

Die Donna hinkte. Ein Senior reichte ihr einen Stock und seinen Arm. Der Fotograf war verschwunden.

– Ich habe ihm mit dem Knüppel eins übergebraten.

– Das hat er verdient.

Sie blieben noch eine Weile auf dem Platz. Mela mit ihrem Clown.

Es war vorbei. Frieden.

– Der Arme! Nun hat er sicherlich nur ein verwackeltes Foto von mir. Ich als keifende Furie.

Starke LED-Strahler wischten über die Architektur und das Wasser, Schattenfratzen, Lichtfetzen flitzten hin und her.

Ein Rollstuhl holperte über das Pflaster. Zwei Frauen schoben. Der Pflegling, kugelrund und schwer wie ein Buddha, hatte befohlen. Noch eine Runde. Der große kahle Kopf schwankte, die Arme dirigierten, bestimmten Richtung und Tempo.

Am Brunnenbecken, wo die Touristen klingende Münzen ins Wasser warfen, stoppte das Gefährt für einen Augenblick. Schluss der Vorstellung. Zurück ging es hopphopp durch eine höflich gebildete Gasse.

Thomas Falkenhain und Melina Weiss schlugen die Augen nieder. Ziemlich sauer, la dolce vita. Essig, die letzten Jahre.

Ein Sanitätsauto parkte hinter der Kirche. Es stand bereit, um Pflegling samt Rollstuhl aufzunehmen. Die Order hieß: Anita Ekberg von Fontana di Trevi zur Krankenpflegestation in Rocca di Papa. Dreißig Kilometer ungefähr. Anita Ekberg redete in Abständen sehr laut, nur konnte sie niemand verstehen. Sie schimpfte auf Schwedisch.

Häst war ein schwedisches Wort. Pferde. Pferdelarven. Weder die irakischen Hilfskräfte noch die beiden einheimischen Ursulinerinnen verstanden, was sie von ihnen wollte. Sie kicherten. Häst. Dolce. Dolce.

Es war ripetizione in der Welt. Mela hatte wieder einen Schwächeanfall, auch Falkenhain lag fest in seinem breiten rückenfreundlichen Bett. Ihn hatte eine sogenannte kalte Lungenentzündung erwischt.

Doktor Zepp, der Chef der Accademia, kam zu Besuch. Er machte die Runde. Inzwischen wussten auch die Alten, der Chef war schwul. Hattet ihr keine Ahnung? Nee, muss man das? Die Alten erklärten den Jüngeren ihr weltfremdes Nachhinken: Für die Accademia spielt es keine Rolle, und verlieben wollen wir uns grade nicht in ihn, sonst hätten wir auf die eine oder andere Art vielleicht schon früher was gemerkt.

Sie waren unterdes im Bilde. Ohne Vorurteile. Selbst dass Schwule sensibel sind, würde Mela dem Chef nicht auferlegen. Er hatte Mozartkugeln und Bananen mitgebracht. Ein Mensch. Einer, der rechnete und sich Gedanken machte und viel verantworten musste, zum Beispiel musste er dulden, dass in den teuren Ateliers der Jungen alte kranke Ehrengäste herumlagen. Eine Ausnahmesituation.

Er raffte ein Handtuch und Strumpfhosen vom Stuhl. Eigentlich dürfe er nicht verweilen.

Er verweilte und klagte. Das Schlimmste seien der Denkmalschutz und die Banken. Die Accademia habe mit neuen Anbietern neue Verträge abgeschlossen. Man sei jetzt mit einer ziemlich dicken Wolke verbunden, darauf könne jeder, ob Stipendiat oder Ehrengast, für seine Daten ein Plätzchen mieten. Kostenlos, vorerst, aber die Kosten betreffend sei noch Informationsbedarf zwischen Presseamt, Botschaft und Denkmalbehörde. Die Kosten und der Denkmalschutz, sein täglicher Kummer.

Mela hörte zu. Sie war krank, die armselig beiseitegeschobenen Sachen, das peinliche Zeug auf dem Stuhl und auf dem Tisch das empfindliche Gelb der Bananen. Alles tat weh. Sie war in der Fremde.

Der Accademia-Chef verabschiedete sich, er stand an der Tür.

Ich sehe Sie oft mit dem Gärtner reden.

Ja, das mache ich manchmal.

Und mit Thomas Falkenhain.

Ja, mit dem rede ich auch.

Der deutsche Arzt erschien zur Visite. Mela wollte kein neues Rezept, sie hatte noch Tabletten vom vorigen Mal. Ach, was ist denn bloß los mit mir? Alles dreht sich?

Der Arzt lächelte treuherzig, er hob die Augenbrauen. Früher hätte die Geste vielleicht eine Schwangerschaft angedeutet, gesegnete Umstände, nichts beunruhigend Krankes also. Nichts Krankes, es sind nur die Jahre. Es ist die Anziehungskraft der Erde, es ist die Fliehkraft des Planeten. Erde zu Erde.

Ole kam. Er tat ein Übriges, also ziemlich alles. Er schrieb sämtliche Wünsche auf zwei getrennte Zettel. Signor Thomas. Signora Mela. Weil das Smartphone der Signora auf römischer Kurzstrecke eine Macke hatte und das Internet während der Rekonstruktion nur vom Haupthaus her zuverlässig funktionierte, spielte Ole nun auch noch Postillon d'Amour. Er trug Briefe von Tür zu Tür, von Atelier F, wo die Signora wohnte, zu Atelier A, wo Falkenhain zu Hause war.

Frühgeliebte, mein … in unserer Schrottbude zu Hause ist schon wieder die Pumpe kaputt, das alte Scheißding, erst im vorigen Sommer generalüberholt, jetzt steht der Keller unter Wasser. Das kostet jedes Mal mit Anfahrt satte tausend.

Liebstes Mausauge. Wenn ich nur wüsste, wo ich den Türschlüssel aufgehängt habe. An den Nagel unter der Traufe? Oder wo der Schlüssel sonst noch sein könnte. Ich glaube, ich habe die Türen diesmal verschlossen und den Schlüssel hinter dem Haus aufgehängt oder am Ast vom Klarapfelbaum? Ich kann mich nicht erinnern. Es ist so viel durcheinander. Auch weiß ich nicht, ob ich die Fotos für das Methusalemprojekt zurückgeschickt habe. Es wäre wichtig. Du siehst, liebster Narrenclown, mir fehlen im Kopf allerlei Anhaltspunkte.

Geliebte Mela, ich kenne mich nicht. Ich bin mir, auch als ich jünger war, nicht gern im Spiegel begegnet. Der Kerl im Spiegel war mir fremd. Jetzt erforsche ich meine trüben Augen. Du sagst mäusegrau? Wirklich? Ich wollte, dass es so wäre, doch es ist ein närrischer Wunsch, ich glaube es nicht. Ich empfinde tief und jeden Augenblick Deinen Kummer. Ich umarme Dich, ich küsse Deine lahmen Füße, Dein linkes Ohr und die Narbe im Versteck.

Du schrumpliger Narr, ungläubiger Thomas, ich küsse Deine beiden trägen Ohren. Auch ohne Spiegel hast Du von innen und von außen immer gut ausgesehen und fein gerochen. Wie West. Was mir ein Rätsel war!!

Liebe Mela, des Rätsels Lösung: Eine Tante meiner Mutter (Elbingerin, dann wohnhaft in Bielefeld) hatte mir aus dem Westen ein Weihnachtspäckchen geschickt, da war der grüne Tannenzapfen mit dem Herrenduft drin. Nach diesem Zeug habe ich wohl oder übel ein Jahr lang gerochen. Nach der Einigung habe ich mich darauf besonnen und schließlich anknüpfen können. Aber woher hast Du krummbeinige Kirschendiebin, Du Ostdorf-Liesel, zu unserer Zeit gewusst, wie der Westen riecht?

Du lieber alter Tannenbaum,

Instinkt, Phantasie. Wir kannten doch den Westen aus dem Fernsehen ganz genau, wir wussten auch, wie er riecht! Westmännerduft, vorzüglich die italienische Richtung, Pinien, oder Ingmar Bergman, nordische Tanne.

Und nun freue Dich mit mir.

Auf meinem Tisch liegt eine Nachricht aus Kanada. Der kleine Mops (50) hat sich gemeldet, er hat Dein Bilderbuch gefunden. Das Bierdeckelbuch, erinnerst Du Dich? Komisch, das meldet er mir hierher nach Rom. Er weiß doch gar nicht, dass Du hier bist. Überhaupt, dass es so einen verrückten alten Onkel gibt.

Geliebte Frühgeliebte, den kleinen Dicken hätte ich damals beinahe samt blauem Kinderwagen gekidnappt, ich dachte, damit habe ich die Mutter im Netz. Der Hauptschauplatz unserer Geschichte war eine Waldhütte. Ich wurde nur ganz langsam älter, aber mein Gefährte wuchs sehr schnell. Wir sammelten und jagten, trugen Latzhosen, hohe Schnürschuhe, aber kein Gewehr. Das Wichtigste war, wir führten lange, interessante Gespräche über den Menschen und seine Art zu leben, im Unterschied zum Frosch oder dem Kuckuck, wir diskutierten ganz allgemein auch über die Liebe, so wie sie bei Karl Marx in den *Ökonomisch-Philosophischen Manuskripten* zu denken war. Liebe als die wirklich vollständig bewusste und innerhalb des ganzen Reichtums erfolgte Aneignung des einen menschlichen Wesens durch den anderen Menschen. Wichtig der Gedanke: Sie ist das aufgelöste Rätsel der Geschichte und weiß sich als Rätsels Lösung. Es war klar, wir kamen immer zu dem Schluss: Kommunismus und Liebe geht aber nur mit Mama.

Geliebter böser alter Onkel, ist denn die Pumpe in Eurem Haus inzwischen wieder in Funktion? Heute schicke ich Dir ein Foto von Sylvia. Du siehst, wie glücklich sie ist, weil grade zum ersten Mal verliebt. In wen? Das hat sie uns nicht gesagt. Da war sie stumm. Nicht mal dem großen Bruder hat die Schwester was erzählt.

Liebe Mela, Sylvia, das bist ja ganz genau Du. Erst heute fällt mir auf, dass ich nie ein Foto von Dir hatte. Jetzt habe ich eins – für immer.

Liebster Narr, ich liebe Dich, vielleicht aus Mangel an richtigen Krankheiten und anderen Talenten.

Mein sanftes Herz! Es ist eine Schande, denken die denn, wir sind Saurier, wie lange wollen die uns hier noch ohne anständige Updates kampieren lassen. Leni macht sich Sorgen, sie fragt, warum unsere Internet-Verbindung nicht funktioniert. Sie erkundigt sich, wann ich nach Hause komme.

Jeden Tag sollte der Techniker in den Ateliers aufkreuzen. Der Chef musste die Stipendiaten beruhigen. Für dringende Sachen stellte er den Drucker und den Internetzugang im Sekretariat zur Verfügung. Bitte beachten, die Druckerpatrone gibt nicht mehr viel her.

Ole machte die beiden Alten mit der Lage bekannt. Es wird wohl noch eine Weile dauern, das ist so im heiligen römischen Reich. Für Unumgängliches gibt es nach Feierabend die Möglichkeit drüben im Haupthaus, oben im Sekretariat. Falkenhain war richtig sauer geworden. Fuck you, früher musste ich mal eine Batterie wechseln, damit war ich wieder dabei, heute brauche ich ein neues Glasfaserkabel. Früher hatte mein MacBook Pro ein CD-Laufwerk. Das war überhaupt das Beste. Die CDs. Die CD war die letzte wirklich solide Erfindung. Mit dem heutigen Zeug kann der Mensch nichts mehr anfangen. Es müsste mal einer kommen, der sagt, Schluss, aus, wir downgraden den neuen Glasfasermist, wir machen ab heute im Medienkommunikationsbereich sachliche, saubere Schule, wie früher zu Bauhauszeiten.

Ole merkte, dass Falkenhain nicht begriffen hatte, worum es hier im weitläufigen Gelände in diesen Wochen ging. Ole wusste es selbst nicht so genau. Ole wusste nur so viel: Man brauchte einfach wie immer Geduld. Er war Fußgänger, Radfahrer in Rom, wohnte in der Accademia umsonst, bekam als Praktikant eine

Stütze zum Leben. Er verrichtete gerne seine Dienste. Er hatte Mitleid mit den beiden Alten. Er spürte, dass sie sich Sorgen machten, nicht um ihre Tage, sondern um ihn, weil seine Zeit hier im nächsten Jahr zu Ende sein würde, und was dann, was, wenn er fortmüsste, wenn er krank würde, ohne Versicherung und ohne Spargeld und ohne Studium oder einen Beruf.

Mela hatte ihm erklärt: Wenn wir mal nicht mehr leben, werdet ihr böse zu den Flüchtlingen sein und Nationalisten, und es gibt wieder Krieg. Dann ist Wüste im heiligen römischen Reich.

Ole hatte gemeint, da könnte was dran sein, er hatte der alten Dame konkret erklärt, hernach gehe ich mit einem Kumpel nach Kolumbien, das stand jedenfalls noch zu Ostern, urbi et orbi, zur Debatte. Ole war mit seinem Kumpelbesuch auf dem Petersplatz gewesen, und dort hatten sie die Idee. In Kolumbien wollten sie was mit Kindern machen. Straßenkinder betreuen. Essen kochen. Sozial arbeiten. Ole kam aus einer christlichen Großfamilie, hatte drei jüngere Schwestern.

Ob die Eltern ihm was mitgeben könnten nach Kolumbien?

Segen halt, hatte Ole erklärt.

Mela hatte verständnisinnig genickt. Fürs Nächste steckte ein Fuffi hinten in der Jeanstasche. Urbi et orbi. Aber nicht für Schnaps und Zigaretten und bei Regenwetter nicht in die Berge. Nie.

Der Chef hatte seinen Ehrengästen angeboten, er könne sie mal mit dem Auto nach Ostia fahren oder zur Villa d'Este, er selbst nähme allerdings lieber den Bus, er fahre ganz selten mal mit dem Auto. Er fürchte sich nicht, aber er hasse die Autofahrerei, nicht nur in Rom.

Falkenhain hatte die Tablettenkur beendet. Er trank jetzt viel alkoholfreies Bier, um die Darmflora zu mobilisieren.

Mela stemmte die Füße gegen die Wand, Beine im rechten

Winkel. Sie hielt überhaupt nichts von Schmerzgel, aber es schien doch zu helfen.

Sie besuchten sich wieder.

Nachmittags saßen sie unter Pinien auf einem weichen Schaukelsofa. Falkenhain hatte für die Tauben und Sperlinge Haferflocken gekauft. Die Tüte knisterte. Einschläfernde Schattenwärme, Tschilpen und Pinienduft. Das andere rutschte an den Rand. Stipendiaten, die ihre Eltern im Park herumführten, Stipendiatinnen, die in kurzen Kleidern quer über die Wiese huschten. Geräusche, Stimmen, ein Blasinstrument. Gaukelbilder traten ins Licht. Locktöne, Hupsignale, letzte Aufrufe, Nötigungen. Wider bessere Gesinnung, die augenblicklich nicht zur Verfügung stand. Wissen. Ach, wenn ich nur wüsste. Es sollte mich beizeiten reuen.

Ein Traum. Mela rieb sich die Augen. Tränen. Welch ein gefälliges Erwachen.

Falkenhain schüttelte die Futtertüte aus.

Eine weite gemeinsame Reise. Als gäbe es so einen heiligen Berg, den niemand allein besteigen darf. Die beiden Alten brauchten keinen Entschluss. Die Sperlinge flogen davon. Die Tauben hielten die Köpfe schief, sie scharrten in den Piniennadeln, bis auch sie kapiert hatten, die Tüte ist leer. Kein Entschluss.

Falkenhain und Mela spazierten in Richtung Orangenpavillon, wo sie sich im Frühsommer begegnet waren. Der älteste und der jüngste Ort. Wo Gedächtnisse aufeinandertreffen. Das lange und das kurze.

Auferstanden als Ruine, hatte Mela gescherzt. Aber erst später in der Küchennische nach einem Glas Rotwein, als sie sich wie einst unter dem Kirschbaum in die Arme gesunken waren. Es war wieder einmal nicht zum Lachen, aber komisch, denn die Umarmung fühlte sich zuerst für beide wie damals an. Am Anfang für beide. Dann unvergleichlich für beide. Ja, so ist es gewesen.

Sie umrundeten den Pavillon, es war still im Park, alle ausgeflogen oder in den Häusern. Oder hatten die beiden Seniorengäste die Busexkursion zur Villa Hadrian heute verschlafen? Den letzten Aufruf ignoriert.

Programme der Accademia kümmerten sie jetzt nicht. Es fiel sowieso niemandem auf, wenn sie fehlten. Sie waren entbunden. Das Fernbleiben war ihnen eingeräumt worden. Das Dasein ohne Pflichten war ihnen zugefallen. Unmerklich auf einmal frei.

Die beiden gingen ihre eigene Strecke.

Einen weißen kiesbestreuten Pfad, der erst kürzlich freigegeben worden war.

Rechts und links noch die rot-weißen Absperrbänder.

Seite an Seite, Melina Weiss und Thomas Falkenhain.

Zu zweit wird ein Turm zur Kolonne.

Thomas blieb stehen, er schob die Brille von fern auf nah. Lauter gelber Staub. Er pustete in Melas Haar.

Pinienstaub, sagte Mela. Blütenstaub ist das Gedächtnis des Mannes. Die grünen Blüten oben in den Pinien bewahren das Gedächtnis des Weibes. Die Pinien sind doppelt informiert, sie sind die ältesten Lebewesen der Welt.

Und du hast jetzt eine gelbe Nase.

Beide Portalflügel des Haupthauses standen offen. Frisch eingelassen das Wasser im Bassin, eine schwarze Fläche, ein gläserner Grund, aus dem herauf sie sich entgegenkamen. Gedrungene Gestalten wie im Spiegelkabinett. Eine Frau und ein Mann auf dem Pfad, auf der Fährte. Goldfische äugten. Ringsherum Efeusetzlinge, auch in der Muschelschale, Erde und Efeu. Ein günstiges und zuverlässiges Grün. Leitern, Farbeimer, das Werk verweilte, alles brauchte Zeit, vielleicht Segen, am dringlichsten Geld.

Das Büro befand sich über der Bibliothek. Dort brannte Licht. Ein großer Bildschirm, die Tastatur, das Notwendige stand zum Gebrauch. Grappa in einer Korbflasche, ein Reigen Gläser auf einem filzbelegten Tablett.

Mela rückte Stühle vor das Gerät.

Die lachende und die weinende Maske, das Logo der Accademia, füllte den Schirm.

Gleich das erste Suchwort öffnete korrekt die heutige Süddeutsche Zeitung, darauf erschien im Nachrichtenticker das Neueste aus einem fernen Morgenland.

Vor fünf Minuten, also genau während wir, mitteleuropäischer Sommerzeit, hier im Büro noch die Stühle rückten, während wir uns niedersetzten, war, trotz schlechten Wetters, trotz heavy rain und thunderstorm, strong wind und hailstorm, der Taucher Al Mukaimi, ein Archäologe, nach vielen Stunden Arbeit an einem uralten Schiffswrack heil wieder aufgetaucht. Applaus. Es sei das gesunkene Schiff von einem Onkel des berühmten Vasco da Gama.

Zum Beweis ein portugiesisches Goldstück. 500 Jahre alt. Ströme erdbraunen Wassers.

Alle Schulen im Land waren unwetterbedingt vorsorglich geschlossen worden. Die Kinder sollten morgen zu Hause bleiben. Al Mukaimi hatte Glück. Erste Gratulationen tickten.

Falkenhain fröstelte. Mela suchte seine Hand, einen Haltegriff in der Unendlichkeit. Ein Grappa wäre nicht schlecht, eine Kreislaufstütze. Die Medizin stand bereit. Jeder ein Glas, sto gramm, einfach kippen. Wetter des Orients. Man kannte Staubwüsten und um Regen bittende Rituale. Mela surfte im World Wide Web. Im Netz des Perfekts. Von Link zu Link.

Was einmal gewesen war.

Auch damals Regen.

Seit Tagen Regen. Sieben Tote und zehn Verletzte. Warning statements. Eine Person was rescued by the personnel of Public

Authority for Civil Defense and Ambulance, PACDA, after he was trapped in wadi Huqain of Rustaq.

Unglückliche Bilder von einem sonst eigentlich prosperierenden Land.

The authority advised everyone do not cross wadis and low-laying areas as well as follow weather bulletins.

Felsen aus Kalkstein, schwarz, grau oder rot. Rosa, in den Terrassenwänden samtgrüne Streifen. Rosen. Rosenduft. Auf halber Höhe führte ein Weg, erst eine geteerte Straße, dann verzweigte Stege in all den Schluchten.

Nebel oder Wolken.

Wer das Passwort kennt, findet voran. Wer das Passwort kennt, findet Einlass. Rosenseeschwalbe wäre so ein Wort.

Halut.

Oder Affenbrotbaum. Baobab. Damit schließt man die Wolke auf.

Schon als kleines Mädchen hätte Sylvia ihrem Papa erklären können, wie ein Affenbrotbaum aussieht, nämlich nicht wie die dickblättrigen Crassulagewächse im Baumarkt, sondern wie die Märchenbäume des Morgenlandes, Bäume, die in alten Zeiten einmal ein wütender Teufel zum Himmel geworfen hatte, weil der Teufel aber zu schwach war, sind sie wieder heruntergefallen – verkehrt herum, die Krone steckt in der Erde, die Wurzeln wachsen zum Himmel. Ein Baum mit vielen nachdenklichen Gesichtern. Jeden Tag zeigt jeder ein neues uraltes Antlitz. Mit Früchten, die wie Eier an Zwirnsfäden von den Zweigen hängen. Essbare Früchte, und, Mama, echt, die schmecken so kotzig wie gekochte Bohnen. A bissle nach nischt. Eklige Pampe.

Da drüben am Hang, das sind alles Affenbrotbäume, Mama echt, lauter lustige alte Sultansbrüder mit langen Bärten. Der Berg heißt Sonnenberg. Sylvias Stimme. Im Hintergrund Wind und wahrscheinlich ein Wasserfall. Dann öffnet sich der Himmel, blau, zart. Ein Palmenhain, die auffliegenden Vögel mit den langen pfeilförmigen Schwanzfedern, es sind Rosenseeschwalben, das weiß Mela inzwischen, weil sie alle Geräusche und Farben der Wolkenerscheinung kennt und Sylvias Stimme hört, auch wenn die Filmbilder keine Tonspur haben. Mama echt. Silala.

Nicht mit dem Hubschrauber, das lohnt sich nicht, wir fahren mit einem Geländewagen. Unser Ort liegt nur eine Stunde von der Hauptstadt entfernt, das Land ist in den letztvergangenen Jahrzehnten reich geworden. Eine Straße führt zur Oase Umq-Bi'r und sogar weiter bis ins Dörfchen Halut. Dort im Rund stehen die Hütten der Oasenbauern. Palmen. Windbrisen von den Bergen und vom Meer. Kleine graue Blätter fliegen auf. Jemand kommt aus der Hütte, er winkt, er grüßt, er wickelt sich beim Näherkommen flink einen Turban um den Kopf. Männer begegnen sich mit Schulterküssen. Sie gehen zum Geländewagen. Ein Mädchen steigt aus. Es bückt sich, knüpft die Bänder der Bergschuhe zu. Es hebt die Hand zum Gruß, es kommt näher, um dem Mann mit dem Turban ein Stativ zu reichen, dafür nimmt es von ihm einen spitzen schmalen Spaten. Es steht bei den Männern, es hört ihnen zu. Alle schauen in eine Richtung. Die Kamera zeigt die Felswände, die roten Würfelsteine und den stahlblauen Himmel. Noch einmal Sylvia, wie sie rechts hinten in den Geländewagen einsteigt, noch einmal groß ihr fröhliches Gesicht, ihre hochgebundenen Haare, ihre grauen Augen.Dann ein Pfeil, der das Ende der Laufzeit markiert. Schließlich das schwarze Schlussviereck. You reach your destination.

Mela drehte den Bildschirm um. Sie griff sich ein Glas. Falkenhain schwieg lange.

Er hatte Mela wiedergesehen, ihre Stimme gehört, rennend und lachend, wie sie aus dem Rennen ins Gehen gefallen war, so hatte sie den Arm angewinkelt und den Kopf gehoben und die Lippen vorgeschoben, damals, eigentlich wie heute. Er war bestürzt.

Wie konnte ich dich allein dorthin gehen lassen. So vaterseelenallein, sagte er.

Er lächelte schief mit Clownsgesicht, denn der Verstand wusste, was geschehen war. Mela schob ihm ein Glas hin.

Gegen Morgen hatten die Seniorengäste genug Grappa getrunken. Es war ein guter Tropfen aus Südtirol. Ole hatte das Oberlicht gelöscht und die Geräte verschlossen, er hatte den beiden pflichtschuldig beim Bechern geholfen, die Korbflasche war trotzdem immer noch nicht leer. Man musste die Flasche anheben und schütteln. Der Geist ist noch drin, behauptete Falkenhain.

Ole blieb gelassen. Die Alten hatten sonderbare Marotten. Einen Umweltfilm aus dem Oman hatten sie sich angesehen. Er sperrte die Bürotür zu. Ich begleite Sie.

Die beiden tappten treppab. Er mit starker Taschenlampe und guten Sprüchen hinter den Alten her, den Seniorengästen. Wer so gut drauf ist, wer noch so viel Prozente verträgt, der ist nicht krank, der ist nur müde oder hat keine Lust.

Der Lichtstrahl kreuzte über dem schwarzen Wasser mit den schlafenden Fischen, die Lampe bahnte den Weg.

Ole, du solltest ein Seniorenstift gründen, rief Mela.

Mela, das hast du schon einmal gesagt. Und ich antworte heute wieder: Nein. Ole verschloss das Portal.

Achtung. Sie ist eine Diebin. Die Gärtner wundern sich, und du wunderst dich gewiss auch, im Park hängt keine einzige Orange mehr an den Bäumen. Alle geklaut. Von dieser Donna. Sie ist eine Diebin.

Melancholie ist eine Diebin.

Thomas Falkenhain krakeelte vor einem kleinen lädierten Marmorgott, Flügel an den Fersen, oder hat dir dein Alter Flossen verpasst. Vor der Mondsichel, die sich im Brunnentrog spiegelte, rief er: So ein saublöder Fisch. Der soll sich nicht wundern, wenn der Kater kommt. Nicht wahr, Herr Ole, hier schleicht jetzt immer ein getigerter Kater herum.

Nicht nur einer, bestätigte Ole.

Leichte Beute. Das wiederholte Falkenhain, leichte Beute. Er schwankte und folgte, er verfolgte Mela. Ole zeigte mit der Lampe den Weg.

Atelier F. Die Tür blieb offen.

Ole verweilte diskret, er trug von der Wiese Kissen und Decken unter das Dach. Er wartete, gutwillig bereit, den trunkenen Falkenhain von Atelier F in sein Atelier A zu führen. Er hörte das gespielt grimmige Räsonieren. Der alte Clown schimpfte über die heutigen Zustände, besonders in diesem Abteil, besonders auf dieser Strecke. Es wird so viel Geld rausgeschmissen. Hier hat der Doktor Hans ganz unverantwortlich an einer Schlafwagenmatratze gespart.

Es wäre sehr freundlich, Herr Ole, wenn Sie sich mal drum kümmern würden. Die Matratze ist miserabel.

Mach ich, beruhigte Ole.

Thomas Falkenhain war in Jacke und Hose und Antirutschturnschuhen zu Mela ins Bett gekrochen. In ein Geisterbahnbett. An einer Station, wo die Fahrt nach kurzem Aufenthalt noch ein Stück fortgesetzt werden sollte. Thomas Falkenhain hielt Mela im Arm.

Du weißt ja, dass ich heimfahre.

Eines Tages, ich weiß.

Ole hatte das Fliegenfenster in den Rahmen geklemmt, das Küchenfenster eingehängt und geschlossen.

Sollte er dem Seniorengast auf die Beine helfen, sollte er Thomas Falkenhain in sein Atelier hinüberbefördern, oder sollte er ihm vorsichtig die Turnschuhe ausziehen.

Er hatte keine Erklärung. So etwas hatte es hier noch nicht

gegeben. In Filmen kam so was neuerdings vor, dass sich Alte nachts herumtrieben und liebten, dass sie irgendwie ziemlich daneben waren. Die beiden waren ziemlich verrückt.

Thomas Falkenhain maulte, als Ole an einem Turnschuh zerrte. Ich mach mich doch gleich auf den Weg. Ich warte nur, bis meine Collaboratora schläft.

Ole wischte in der Küchennische den Herd ab, er spülte Tassen und Teller, stellte die Butter in den Kühlschrank; als er das verschimmelte Brot in den Müllbeutel geworfen, die Briefe zum Befördern an sich genommen hatte, gewahrte er, dass beide schliefen. Friedlich beieinander. Falkenhain mit vorgestreckten Turnschuhen. Ole hängte Melas Jacke an den Kleiderhaken neben der Glastür, stellte ihren Schirm und einen Wanderstock daneben. Er löschte die Lampe, die von draußen das Atelier schummrig erleuchtet hatte. Als er sich in der Tür umwandte, saß Mela im Bett.

Eine stumme Silhouette, während Falkenhain im Schlaf leise pfiff und zischte.

Gute Nacht, flüsterte Ole.

Ole, flüsterte Mela, Ole, ich habe schon wieder vergessen, wohin du mit deinem Freund gehen willst.

Nach La Dorada, flüsterte Ole.

Ich dachte nach Polen, aber La Dorada ist auch gut.

Helga
Schütz
Sepia
ROMAN
aufbau

Verena Boos
Kirchberg
Roman
366 Seiten, Gebunden mit Schutzumschlag
ISBN 978-3-351-03690-4
Auch als E-Book erhältlich

»Sprachbilder wie sanfte Explosionen.« hr 2 Kultur

Was macht eine Frau ohne Aussichten aus ihrem Leben? Was ist Heimat, was ist Zeit? Wie kann, bei allem, was geschehen ist, Frieden herrschen? – In ihrem neuen Roman erzählt Verena Boos die Geschichte einer Frau, die die Sprache verliert und zurückkehrt ins Dorf ihrer Kindheit und Jugend. »Kirchberg« handelt auch von den Jahreszeiten einer Freundschaft, oder einer Liebe. Verena Boos erzählt groß von einer kleinen Welt, von der unsrigen.

»Verena Boos verbindet großes Erzähltalent mit historischer Präzision.«
JAN BRANDT

Regelmäßige Informationen erhalten Sie über unseren Newsletter. Jetzt anmelden unter: www.aufbau-verlag.de/newsletter

aufbau